[illegible]

[illegible]

23.10.89

Wolfgang Sieg
Ohlsdorf lebt

Wolfgang Sieg

Ohlsdorf lebt

Galgenberg

CIP-Titelaufnahme der Deutschen Bibliothek

Sieg, Wolfgang:
Ohlsdorf lebt : missingsch Moritaten / Wolfgang Sieg. –
Hamburg : Galgenberg, 1989
ISBN 3-925387-48-X

Titelmotiv: Ernst Kahl
Typografie: Johannes Nawrath
Titellithografie: Druckerei auf St. Pauli
Satzherstellung: A. Eiling, Oberkaufungen
Druck und Bindung: Ueberreuter, Austria
1. Auflage April 1989
ISBN 3-925387-48-X

Inhaltsverzeichnis

Fingerhakeln

Äi, ihr Schlaffies! Ich bin der Laubharker. Kratz für ne Mark pro Stunde in Ohlsdorf das Laub vonne Gräber. Öde? Du fragst, ob der Job öde ist? Na, denn fahr mal die Antennen aus!
Heute morgen hab ich also wieder bei Kapelle... ach Scheiß, ist ja auch egal, wo das war. Und mitmal krieg ich de Harke nicht los. 'Mal sehn, was sich da verhakt hat', denk ich noch und zieh wie bescheuert an den Stiel. Und da seh ich: zwei Finger habn sich um de Zinken gewickelt. ZWEI FINGER! Vor Schreck leg ich mich fast auffen Rücken und zieh noch mehr, und schon hab ich ne Hand ausse Erde gezogen, ne Hand zwischen de Zierheidebüsche! Und die Kralle hält mir de Harke fest, so daß ich nicht weiterkomm, und de Heinis vonne Einsatzstelle säbern mich garantiert an, daß ich den ganzen Tag ein' auf 'Arbeiterdenkmal' mach.
Ich überleg, ob ich de BILD-Säcke 'n Tip geben soll. Die sind nämlich in' Nebengang an Wirbeln. Wolln 'n fetten Dackel dazu bringen, sich auffen Grab zu legen. Da wolln sie ihn fotografiern. Und der Artikel soll heißen: 'Hund verhungert auf dem Grab seines Herrn.' Eine uralte Socke, aber die Leser wolln sowas in regelmäßige Abstände. Dreimal haut das Vieh ab, die BILD-Brüder hechten hinterher, fangen den Struppi wieder ein, aber der gibt nicht auf. Zun Schluß kriegt er denn doch seine Spritze, daß er still ist. Als Journalist hat man seine Zeit ja auch nicht gestohlen.
Als Harker natürlich auch nicht. Aber Ziehn hat kein' Sinn; bis zun Ellenbogen hab ich das Mistdings schon ausse Erde gezogen, und das hört und hört nicht auf! Nee, da geh ich lieber zun Gärtner Quock.
»Äi, Herr Quock, könn' Sie mir mal eben Ihre Rosenschere leihn?«
»Was soll ich?«
»Sie solln mir mal eben Ihre Rosenschere leihn!«
»Was willst denn damit?«
»Die brauch ich.«
»Wozu denn?«
»Zun Fingerabschneiden.«
Da fällt ihn aber sein Hörgerät aussen Ohr, so beölt er sich.

Aber denn gibt er mir de Schere. Ich knips de Dinger ab. Hand und Unterarm lassen sich ohne Probleme wieder inne Erde zurückdrücken. Nu, wo sie ab sind, krieg ich de Finger auch ganz leicht vonne Zinken. Was ich damit mach?
Vielleicht schmuggel ich den alten Ewald ein' in' Erbseneintopf. Er sitzt inne Kantine immer neben mir. Aber der Olle ist so blöd, der schnallt das vielleicht gar nicht! Der knabbert ihn ab, lutscht sogar noch jeden Knochen einzeln sauber. Ich find, bei so'n Dussel macht das gar kein' Spaß.

Laubharken

Arbeit der Arbeit wegen! Wenn ich sowas schon hör! Hat der Typ von' Arbeitsamt gesagt: »Sie leisten Arbeit der Arbeit wegen! Das ist etwas ganz Wertvolles!«
Von wegen 'wertvoll'! Die eine Mark, die wir für de Stunde kriegen, »die sind«, sagt der Typ, »eigentlich eine Entwürdigung, weil sie das idealistische Moment mit dem Makel des Materialismus beflecken.«
Der furzt sich da Sachen zusamm', da knallt ein' der Nabel raus!
Gut, totmachen tut man sich nicht dabei, bein Laubzusammenharken. Und schön ist das hier auch, die vielen Bäume und Pflanzen. Nicht bloß auffe Gräber.
Sonst ist hier natürlich ein Mordsbetrieb! Alle drei Minuten ne Beerdigung. Überall de Särge, wo diese Schluchzegruppen drankleben. Und Geistliche, die ihre Gruppen verloren habn und nu mit ihre Megaphone durche Anlagen toben:
»Achtung! Gesucht wird Trauergemeinde Reimers! Ernst Reimers! Ist 51 Jahre alt geworden! Wo sind Sie, Gemeinde Reimers? Melden Sie sich bitte am Tor vier!«
Und ich immer dazwischen mit meine Fächerharke. Kratz das Laub zusamm', und denn trampeln mir de Trauergemeinden oder diese wildgewordenen geistlichen Handfeger wieder alles auseinander! Besonders der mitte weiße Sardelle, die er sich über sein' kahln Schädel gelegt hat! Als ob er das mit Absicht macht! Klar, daß ich ihn denn auch 'n bischen durche Kacke zieh:

»Gemeinde Ernst Reimers suchen Sie? Die war doch schon gestern dran. Und die hatten auch schon 'n Pastor, war übrigens sehr feierlich!«
»Gestern? Das kann ja gar nicht angehen! Und einen anderen Pastor? Das stimmt nicht. Die hatten mich! Ich hab von denen doch alle Unterlagen über den Toten bekommen. Sie irren sich!«
»Wolln Sie damit sagen, daß ich spinn? Daß ich ne Klatsche hab?«
»Nein... nein...«
»Wer kriegt denn hier seine Gruppen durchnander? Aber ist ja kein Wunder. Jeder Geistliche, der über 'n Jahr lang hier Dienst macht, kriegt ne Klatsche.«
»Was?«
»Jeder! Und ich kann Ihn' auch sagen, woran das liegt: an diesen Kram, wo die Toten mit geschminkt werden. Und das lassen Sie sich dazu sagen: kein Sarg schließt 100%ig dicht! Und wenn sich das Zeug auflöst... sich zersetzt, denn kommt es als Gas durche Sargritzen nach draußen... und wer das einatmet, der kriegt garantiert ne Klatsche! Gucken Sie sich doch mal Ihre Kollegen an! Man sieht sofort, wer über'n Jahr hier war... sofort!«
»Meinen Sie?« fragt er und bleibt stehen.
»Mit Gedächtnisausfälle fängt das an«, sag ich. Und er kriegt total die Panik:
»Ogott... ja... wie hieß denn mal noch die Gruppe, die ich such?«
Steht wie'n Embryo in' Formalinglas.
Das hat er davon!
Warum latscht er auch dauernd durch meine Laubhaufen! Denkt der vielleicht, ich hark hier für nichts und wieder nichts?

Grabsteine

Was man hier mitmacht mitte Popen! Und mitte Trauergemeinden! Und denn sind da auch noch de Zivis, die sonne Oma oder 'n Opa hinter sich herziehn. Haben sie aus irgendein' Alters- oder Pflegeheim rausgeholt, weil der oder die Alte noch einmal das Grab von sein' ehemaligen Ehepartner sehn wollte.

Ich glaub, da war auch sonne Aktion vonne BILD oder vonne MORGENPOST aus. Da habn de Reporter son Alten angekratzt, er soll mal das Grab von seine verblichene Ehehälfte beschreiben. Und wer das bringt, kriegt 'n Hunni. Die meisten habn das nicht gebracht.
Jetzt siehst du überall de Zivis mitte Opas und Omas.
»So, Frau Haftler, hier ist das Grab.«
»Wie?«
»Hier ist das Grab, Frau Haftler, das Grab Ihres Mannes!«
»Ich versteh noch immer nicht...«
»Weil Sie Ihr Hörgerät wieder mal nicht... Lassen Sie mal sehn... Doch, Sie haben es drin, aber wieder ausgeschaltet, was?«
»Was hab ich?«
»Ausgeschaltet! Warten Sie mal... Ich seh mal... Doch, ist eingeschaltet. Aber dann ist bestimmt die Batterie leer... Ach Gott, wieder nur auf 3 geschaltet, warten Sie mal...«
»Aua! Sie reißen an meinen Haaren! Aua!«
»So, ich hab's jetzt auf 7 gestellt.«
»Das pfeift ja. Ich kann überhaupt nichts verstehen, so pfeift das!«
»Warten Sie mal... Können Sie mich jetzt verstehen, Frau Haftler?«
»Gut! Ich versteh Sie sehr gut! Ich versteh Sie sogar sehr gut ohne Hörgerät. Aber wir wollten doch zum Grab von mei'm Mann!«
»Wir stehen vor dem Grab Ihres Mannes, Frau Haftler.«
»Aber das ist nicht sein Stein! Er hatte 'n rötlichen Stein, keinen schwarzen!«
»Es ist der richtige Stein.«
»Das stimmt nicht! Mein Mann hatte 'n rötlichen...«
»Lesen Sie doch, was auf dem Stein steht: Nikolaus Haftler. Das ist doch Ihr Mann, der hieß doch Nikolaus?«
»Nikolaus heißen viele. Nikolaus, mach die Lampe aus! Haben wir ihn immer mit aufgezogen: Nikolaus, mach die Lampe aus!«
»Er ist 1978 gestorben. Das stimmt doch, Frau Haftler, 1978?«
»Er ist 1947 gestorben.«
»Aber Frau Haftler...«
»1947.«
»Aber Frau Haftler, hier auf meinem Zettel steht...«

»Jetzt weiß ich: ich wollt ja auch zu dem Grab von mei'm ersten Mann. Und der ist 1947 gestorben. An Lungenkrebs. Dabei hat er nie geraucht. Zu dem Haftler wollt ich ja gar nicht. Der hat gesoffen.«
»Und wie hieß Ihr erster Mann?«
»Jolling.«
»Jolling?«
»Ja, Jolling... oder Joller... richtig, Joller hieß er. Jolling hat meine Schwiegermutter zu ihm gesagt. Das war sein Spitzname. Die kamen aus Mecklenburg. Er hat immer 'Mudding' zu ihr gesagt. 'Mudding, gib mir 'n Pudding.' Da hat er sie immer mit aufgezogen.«
»Gut, Frau Haftler, wissen Sie denn, wo Ihr Mann liegt, der Herr Jolling, äh, Joller?«
»Der liegt in Pinneberg. Wir haben damals ja in Pinneberg gewohnt.«
»Schön, dann fahren wir nächste Woche nach Pinneberg.«
»Aber jetzt bringen Sie mich mal ganz schnell von dem Grab vom Haftler weg. Der hat nämlich gesoffen, müssen Sie wissen...«
Und denn ziehn sie ab.
Die Zivis haben wirklich beknackte Jobs. Da ist Laubharken noch besser.

Familien-Drama mit Happy End

Weißt du, was Freilicht-Theater ist? Das hab ich hier nämlich ganz umsonst. Jedenfalls, ich bild mir immer ein, die spieln mir was vor: hier, Putzi, nur für dich ziehn wir das ab.
Und für'n Sozialhilfe-Tarif.
Kultur auch für die Randgruppen.
'n neues Projekt von unsen Kultursenator.
Ist aber gar kein Theater!
Ist echt!
Vorneweg geht Pappa. Hinterher kommt Mamma. Mamma hat Oma an' Arm baumeln. Ganz zun Schluß kommt Enkel Rolf. Oma nörgelt die ganze Zeit:

»Nicht so schnell! Lauft bitte nicht so schnell! Ich komm ja gar nicht mit. Hätt ich gewußt, daß ihr so rennt...«
»Du wolltest doch her!« sagt Pappa, »ich hätte genug zu tun gehabt zu Hause. Ich hab mir extra die Zeit genommen, weil du herwolltest. Da liegen nämlich noch stapelweise die Arbeitsbögen auf meinem Schreibtisch. Meterhohe Stapel! Aber du wolltest absolut her! Deinetwegen muß ich heute wieder bis in die Nacht hinein korrigieren!«
'n Lehrer!
»Ich hab ja bloß gesagt, daß ihr zu schnell geht!«
Pappa bleibt stehn, guckt an Oma runter. Anne Innenseite von Omas Strümpfe läuft von oben bis unten 'n breiter dunkler Streifen runter.
»Ogottt!« schreit Pappa.
»W...was ist denn«, wimmert Oma, »ich hab doch bloß gesagt...«
»Ich hab bloß gesagt! Ich hab bloß gesagt!« kläfft Pappa, »guck dich doch mal an, was du hast!«
»Ach du liebe Zeit«, sagt Mamma.
»Kannst du denn nicht Bescheid sagen?« dröhnt Pappa, »da hätten wir in die Toilette von dem Gasthaus gehen können.«
»Was denn? Was ist denn?« fragt Oma.
»Du hast dich wieder naßgemacht!« sagt Pappa ganz laut.
»Hab ich gar nicht gemerkt!« fängt Oma an zu weinen.
»Wenn sie das nicht gemerkt hat!« sagt Rolf.
»Du hältst mal fein die Klappe!« sagt Pappa.
»Misch dich nicht ein, Rolf!« sagt Mamma, und zu Oma: »Immer diese Kaffeetrinkerei! Hab ich dir nicht gesagt: trink nicht so viel Kaffee? Aber nein...«
»Wär ja alles nicht so schlimm, wenn sie auf die Toilette von dem Gasthaus...«, schimpft Pappa.
»Aber sie kann doch nix dafür!« sagt Rolf.
»Da bin ich gar nicht so sicher«, dröhnt Pappa, »da bin ich mir, verflucht nochmal, gar nicht so sicher, ob sie nichts dafür kann!«
»Glaubst du vielleicht, Omi macht das mit Absicht?« schreit Rolf.
»Und wir haben keine Unterwäsche zum Wechseln mit, Strümpfe natürlich auch nicht«, jammert Mamma.
»Das trocknet doch wieder«, sagt Rolf.
»Aber der Gestank!« grölt Pappa, »ich laß mir doch den Wagen

nicht einsauen! Das kriegt man ja nie mehr raus aus den Sitzfellen! Eine Sauerei ist das!«
»Wenn wir hier so'n bißchen rumgehn, trocknet das«, sagt Rolf.
»Mußt du vielleicht jetzt wieder?« Pappa steht vor Oma, »mußt du vielleicht jetzt wieder?«
Oma sagt nichts. Sie schüttelt bloß den Kopf und weint. Pappa hustet. Dann sagt er:
»Ich hab mir das so schön vorgestellt... den Spaziergang in Ohlsdorf... Und dann machst du alles kaputt.«
Oma weint ganz schrecklich.
Das tut Pappa denn auch wieder leid.
»Komm man«, sagt er, »vielleicht trocknet das ja wirklich. Und auf die Sitzfelle können wir ja ein paar alte Zeitungen legen. Und bevor wir losfahren, gehst du noch auf die Toilette von dem Gasthaus.«
Oma nickt.
Mamma gibt ihr 'n Papiertaschentuch, daß sie sich das Gesicht trockenwischen kann.
Rolf nimmt das Papiertaschentuch und wirft es in den nächsten Abfallkorb.
Oma zeigt auf das Krüger-Mausoleum.
»Oh, guckma!«
»Hm«, sagt Pappa, »die reichen Leute früher, die haben sich das schon was kosten lassen.«
»Sowas möcht ich auch!« ruft Oma und ist ganz begeistert.
Pappa muß lachen. Kann sich gar nicht wieder einkriegen:
»Was meinst du, was sowas kostet?« lacht er.
»Bestimmt eine Million!« sagt Mamma.
»Da kommst du nicht mit aus«, sagt Pappa, »mindestens vier Millionen!«
»Denn geht das wohl nicht«, sagt Oma 'n bischen enttäuscht.
Aber denn zeigt sie auf die Wacholder-Allee:
»Laßt uns mal hier runtergehn.«
Ich hinterher mit meine Fächerharke.
Oma bleibt vor ein' Familiengrab stehn.
'Ruhestätte der Familie Blumenschein', steht auffen Grabstein.
»Das sind Juden«, sagt Pappa.
»Wieso?« fragt Rolf.

»Na, weil die doch diese Namen haben: Blumenschein, Rosenberg, Löwenthal. Daran merkt man es, daß es Juden sind.«
»Na und?« fragt Rolf, »warum solln das keine Juden sein?«
»Nichts... Ich hab ja auch gar nichts dagegen. Ich hab bloß gesagt, das sind Juden. Weiter nichts.«
»Ich denk, die haben ihren eigenen Friedhof?« fragt Oma.
»Ach was, die Friedhöfe sind doch alle... Die gibt es doch nicht mehr. Nein, nein, die liegen jetzt auf unseren Friedhöfen.«
»Und wenn 'n Türke stirbt, kommt der hier auch rauf?« fragt Oma.
»Wahrscheinlich«, sagt Pappa.
»Und warum sollen sie nicht?« fragt Rolf, »wenn sie hier leben und arbeiten, dann habn sie doch wohl auch das Recht...«
»Die wollen doch gar nicht her!« sagt Pappa laut, »die haben doch eine ganz andere Religion, eine ganz andere Kultur! Die wollen doch unter sich sein! Wir Deutsche sind es doch, die sie jetzt auch hier herholen.«
Oma guckt noch immer die Familiengrabstätte an:
»Ein schöner Stein ist das!«
»Juden haben Geld!« lacht Pappa.
»Ist so'n Grab auch so teuer?« fragt Oma.
»Drei Nummern zu groß für uns«, sagt Pappa.
»Und was...?« Oma weiß gar nicht, was sie sagen soll, »wir wollten uns doch Gräber angucken. Du wolltest mir doch zeigen, was für mich so...«
»Ja, ja«, sagt Pappa, »da müssen wir noch eine Weile...«
Und denn dreht er sich mitmal um und fragt mich:
»Entschuldigen Sie, Sie wissen doch hier Bescheid?«
»So'n bischen«, sag ich.
»Können Sie uns vielleicht mal sagen, wo die Rasengräber sind?«
»Mach ich«, sag ich, »ich bring Sie eben hin, da hinten fängt das gleich an.«
»Was sind denn das für Gräber: Rasengräber?« fragt Rolf, »hab ich noch nie von gehört.«
Jetzt wird Pappa ganz eifrig:
»Ja, Rasengräber, die hat man fast nur noch heute, nicht?« guckt er mich an.
»Ja«, sag ich, »die werden heutzutage gern genomm'.«

»Seht ihr«, lacht Pappa, »die sind ganz modern!«
Und denn sind wir da.
Der Rasen wird grade gemäht.
Knax sitzt auffen Mähtraktor. Sieht aus, als ob er wieder ein' geballert hat.
»Eh, Putzi, du Arschloch!« winkt er rüber.
Hat gute Laune.
Rolf guckt auffe klein' Tafeln, die in' Rasen eigelassen sind.
»Hans Delfs«, liest er, und denn fragt er:
»Das ist 'n Grab?«
»Ja, das hat man heute fast nur noch«, sagt Pappa.
»Und diese lütte Tafel, soll das vielleicht 'n Grabstein sein?«
»Natürlich«, sag ich, »da unter liegt denn die Leiche.«
Oma hat ganz runde Augen: »Da unter liegt der Tote?«
»Ja«, sag ich.
»Ohne Grabhügel? Ohne daß da was auf das Grab gepflanzt wird?«
»Klar...«
»Und da kann man einfach so drüberwegtrampeln?«
»Es ist pflegeleicht«, sagt Mamma und guckt nach'n besoffenen Knax rüber.
»Ich finde die Anlage schön«, sagt Pappa.
»Was gibt das denn noch?« flüstert Oma.
»Da gibt das denn noch de Urn'-Stellplätze«, sag ich, »das sind so Mauern mit kleine Fächer in, wie de Gepäck-Schließfächer in' Bahnhof müssen Sie sich das vorstelln. Das ist noch preiswerter. Klar, denn gibt das noch de Seebestattung, wo de Urne bei Helgoland inne Nordsee geworfen wird. Da ist die Feier 'n bischen teurer, weil der Typ, der da mitte Barkasse rausfährt, der will ja auch leben, aber spart man natürlich den Urn'-Stellplatz. An allerpreiswertesten ist natürlich das Freigrab. Das ist ne Wiese, wo de Asche verstreut wird. Das nennt man 'anonym'. Das wird auch schon viel genomm'.«
»Die Asche von den Kriegsverbrechern nach 45, die hat man auch in alle Winde verstreut«, sagt Rolf.
»Es waren Generäle und Minister«, will Pappa anfang', aber Oma sagt:
»Das mit 'anonym', das möcht ich...«

»Wirklich Mutter?« fragt Pappa.
Mitmal hat er gute Laune.
»Wirklich? Überleg dir's gut! Vielleicht möchstest du doch lieber ein Rasengrab? Da hättest du einen Stein. Da gäb's eine feste Stelle. Man könnte das Grab besuchen...«
»Ne, ich möchte anonym.«
»Des Menschen Wille ist sein Himmelreich!« sagt Pappa und lacht.
Und jetzt lacht Oma auch son bischen.
Pappa guckt auf ihre Strümpfe.
»Fast trocken!« sagt er.
Und lacht noch lauter.

Bloß Ärger

Schlimm sind ja de frischen Grabhügel! Die machen nämlich an meisten Arbeit. Stell dir vor: 50 Kränze auf 4 qm gestapelt! Und laß da bloß mal ne kleine Brise wehn, schon fliegen an' zweiten Tag überall de welken Blätter rum! Ich hab die vonne Verwaltung ja vorgeschlagen, ob man nicht so'n feines Netz über de Kränze tun könnte, damit der Laubflug verhindert wird, und sonne Netze gibt das ja für Erdbeerkulturen, daß da keine Vögel rankönn'. Aber die Verwaltungsärsche haben natürlich de morschen Birnen geschüttelt, daß diese Maßnahme »aus ästhetischen Gründen« nicht durchführbar ist.
Überhaupt das Kranzabräum'. Sowas von beschissenen Job kann sich der Laie gar nicht vorstelln! Was die Gärtner da nämlich reindrehn inne Kränze an Stechpalm' und Zierdisteln und Nadelhölzer, da ist das Ende von weg! Und wenn du ohne Schutzhandschuhe arbeitest, sieht deine Flosse aus wie zweimal durchen Steaker gezogen.
Wie gesagt, geh ich an ein' vonne frische Gräber vorbei, da hör ich mitmal, also, ich denk noch, vielleicht ist das ne Maus oder 'n Vogel oder 'n Igel... Jedenfalls, das kann doch nicht wahr sein! Ach so, da muß ich dir natürlich erstmal erklärn, daß der technische Fortschritt auch bei de Beerdigungsindustrie seine Spurn... Angefang' hat das ja mit diese Fotoserie in' STERN,

wo se offene Gräber gezeigt habn, und in diese Gräber habn de Skelette alle in verschiedene Körperhaltungen gelegen. De meisten ja mit unter de Kinne gezogene Knie, also, diese Embryon'-Stellung. Und nicht ein einziges Skelett war so, wie das da reingepackt worden ist, also: auffen Rücken, und de Beine in 'Stillgestann'-Haltung nebenander, und de Hände übern Bauch gefaltet! Und damit war ja klar: die sind alle inne Gräber nochmal zu sich gekomm' und habn aus diesen Grund ihre Haltung verändert und vielleicht noch geschrien und gegen den Sargdeckel gekloppt oder da an gekratzt. Mußt dir mal plastisch vorstelln, was das für ein' Schock für den Toten: in diese Umgebung wieder aufzuwachen! Und daß das in Prinzip kein' Zweck hat, wenn er sich ein' abspaddelt, weil ja doch keiner Notiz von nimmt, und de Atemluft reicht auch bloß für ne Stunde. Naja, denn gab das auch schon bald diese Service-Angebote vonne Industrie, und war de einfachste Ausführung, daß, wenn ein Toten in sein' Sarg wieder zu sich kommt, daß er denn an sonne Schnur ziehn kann, und auffen Grab läutet ne Glocke. Klar, mit diesen mechanischen Primitiv-Modell hat das wahnsinnigen Ärger gegeben, weil: alle Augenblick hat das wo geläutet. Und denn war das doch bloß 'n Vogel, der sich auffe Glocke gesetzt hat, aber die Ausbuddel-Gang ist nach jeden Läuten wie besengt nach den Grab hin, und habn se da wie de Verrückten gebuddelt, aber wenn der Sargdeckel hoch, war doch bloß 'April, April', und der Tote hat ganz ruhig dagelegen in seine 'Stillgestann'-Stellung.
Logisch, daß danach denn die akkumäßig betriebene zweite Generation von Alarminstrumente gekomm' ist. Und die war schon voll elektronisch, wo se den Toten sonne Art Mikro um' Kopp geschnallt habn, und wenn er zu sich gekomm' ist, hat er sich bloß melden müssen, und an sein' Grabstein war denn sonne Art Lautsprecher... mit ein Wahnsinns-Verstärker. Also, daß er bestimmt nicht überhört werden kann. Klar, daß das auch ausgenutzt worden ist. Zun Beispiel von diese Grufti-Rockband LETZTE ÖLUNG, wo das ganz groß in alle Zeitung' war, wie diese Typen hier mit ihre Verstärker in eine Nacht die Stimm' von über 50 Tote getürkt habn, und so laut, daß inne nächste Wohnblocks de Fensterscheiben ausse Rahm' gesprung' sind.

Die neuesten Geräte sind wieder ziemlich unauffällig. Und wenn der Tote da unten bloß ganz bischen seine Körperhaltung verändert, denn werden so diskrete Pfeiftöne ausgelöst, inne Art wie das Besetzt-Signal in' Telefon, und komm' von so'n klein' Tonträger, der auffe Rückseite von' Grabstein angebracht ist, und ist nicht größer als ne Streichholzschachtel. Und wenn noch kein Stein da ist, kannst das Gerät auch so auffe Erde legen, weil: ist absolut wasser- und temperaturgeschützt.
Wie gesagt, ich geh da an den frischen Grab längs und — du ahnst das schon — hör ich mitmal diesen Pfeifton! Also, zuerst ist das ja ein Gefühl, als wenn du auffen defekten Kabel von so'n elektrischen Rasenmäher getreten bist. Das ist mein' klein' Neffen Uwe mal passiert, als er noch keine drei Jahre alt war. Seitdem hat er diesen Sprachfehler, wo er nu schon acht Jahre mit in Behandlung ist und über zehn Ärzte verschlissen hat. Also, ich war total in Panik! Denn eigentlich darf ich ja gar nicht bei sowas reagiern als von' Arbeitsamt eingesetzte Hilfskraft, die für ne Mark de Stunde das Laub zusamm'harkt! Hab ich mich denn auch zuerst umgeguckt, ob einer vonne Friedhofsgärtner inne Nähe ist... War natürlich keiner, weil: die hocken nämlich den ganzen Tag mitte Röstgruppe in' Krema zusamm' — wenn nicht grade Betrieb ist, ist das da ziemlich gemütlich — und kloppen Skat... Vonne Sargträger-Gruppen: auch nix zu sehn... Ich mein, das sind ja Snobs: außer ihrn Sargtragen tun sie kein' Handschlag. Und ist angeblich ne Weisung von ihre ÖTV-Sektion aus.
Pastor: auch nicht! Und vonne Buddel-Gang: erst recht keiner! Wie ich noch so dasteh und flieg an alle Gliedmaßen, da geht mir das schon durchen Kopp: hier bist du ganz alleine auf dich gestellt mit deine Verantwortung! Und, zack, bin ich auch schon bei de Kränze! Acht nicht da auf, ob mir de Stechpalmen de Haut vonne Finger fetzen und sich de Zierdisteln in das rohe Fleisch bohrn — in sonne Momente denkst du gar nicht an diese Kleinigkeiten — schon warn de Kränze anne Seite geschmissen, auffen Weg rauf und auffe Nachbargräber — das war mir in den Augenblick auch scheißegal! Ja, und denn — Spaten oder Schaufel war natürlich auch nicht da — ich mitte zerfetzte Hände de Erde anne Seite gescharrt! Denn bin ich an'

Sarg... leg den Deckel frei — er war ja gottseidank nicht angenagelt — brech mir bein Sargdeckel noch de letzten Fingernägel ab... krieg das massive Ding aber tatsächlich runter, und liegt da so'n Opa und grient:
»Guten Abend!«
'Mann', denk ich noch, 'der hat recht, ist ja längst Feierabend! Und de Tore werden nache Arbeitszeit automatisch geschlossen. Und wenn du Pech hast und verpaßt den Termin, denn kommst du bis zun nächsten Morgen nicht raus!'
»Eigentlich bin ich ja gar nicht zuständig für Sie!«, sag ich noch, weil: sein Grinsen hat mich tatsächlich bischen geärgert, »und wenn wir übern Torschluß rüber sind, ist sowieso die Kacke an' Dampfen.«
»Trotzdem vielen Dank für Ihre Mühe«, sagt der Opa und guckt auf meine Hände.
»Naja«, sag ich, »wenn ich mir was weghol... so Wundstarrkrampf oder was in diese Art... weil: eigentlich müßt ich ja sofort 'n Tettanus... denn ist das Ihre Schuld! Und mach ich Sie glatt für haftbar, daß Sie das mal gleich wissen! Und Ihre auffe Nachbargräber geschmissene Kränze machen auch Unkosten. Was mein' Sie, wieviel Pflanzen dadurch abgeknickt worden sind!«
Der Alte grinst noch immer:
»Wird schon alles in Ordnung kommen, und vielleicht sind Sie erstmal so freundlich und helfen mir raus?«
Klar, daß ich das gemacht hab. Und da stand er nu mit seine stöckerige weiße Beine und mit bloß so'n dünnes Hemd an und fängt auch noch an zu kröcheln.
»Abends wird es doch ganz schön frisch«, sagt er.
»Wieso sind Sie denn auch so leicht bekleidet?« frag ich. Und er: naja, in' Sarg reingelegt habn se ihn in sein' besten Anzug, aber nach de Besichtigung habn die Halunken von' Beerdigungsinstitut ihn blitzschnell ausgepellt und ihn dies Hemd verpaßt, was auch noch aus Papier ist. Und sah man tatsächlich, weil: an eine Stelle war das so'n bischen durchgeweicht, denn in so'n Sarg gibt das ja keine Möglichkeit für diese... wollnmasagen... hygienische Sachen.
Wie gesagt, nicht, daß mir das direkt peinlich war, aber mit ein' Opa an' Arm in diesen Hemd... und wenn man die be-

wußte Stelle einfach abgerissen hätte, wär das ja wirklich ein öffentliches Ärgernis gewesen... Und unterhaken mußt ich ihn schon, denn er war ziemlich torkelig auffe Beine. Zieh ich ihn also dahin, wo de beiden Telefonzelln sind.
'Hoffentlich sind die Dinger nicht wieder defekt', denk ich noch, und die ganze Zeit jammert und kröchelt der alte Herr an mein' Arm, und er immer:
»Sehn Sie bloß zu, daß ich bald in ein Krankenhaus komme, denn mit meiner Lunge ist das tatsächlich...«
Und wieder 'n minutenlanger Hustenanfall.
»Ja, ja«, sag ich, »denn müssen Sie aber auch de Beine 'n bischen anheben!«
Was ja auch nicht so einfach ist, wenn man barfuß über de Wege mit den scharfen Kies. Naja, warn wir denn endlich bei de Zelln. Die eine war tatsächlich hinüber, aber die andere ging... Wär gegangen, wenn ich zwei Groschen gehabt hätte!
»Heute geht tatsächlich alles schief!« sag ich noch zu den alten Herr, »und wenn man erstmal an sonne Pechsträhne backt, kommt man da nicht so leicht wieder runter.«
Und er hustet bloß, aber schüttelt den Kopf dabei, weil das für ihn wohl ein Glückstag ist. Naja, ruf ich denn de 110 an, weil das nix kostet. Und die Beamten auch:
»Ja, hier Wache sounso«, und was los ist. Und ich:
»Hier Friedhof Ohlsdorf, und wollt ich melden, daß ich hier ein' scheintoten älteren Herrn bei mir hab.« Und sie möchten da mal umgehend für sorgen, daß er behandelt wird, denn wenn sie nicht bald aufkreuzen, wird das mit seine Husterei noch schlimmer und hört sich jetzt schon ziemlich verdächtig an... Mann, da wurden die aber wild! Ich soll mal sofort mein' Namen sagen, und von wo ich wirklich anruf, und sonne blöden Scherze sind strafbar, weil das Irreführung der Behörden ist, und sie habn wichtigere Sachen zu tun als sich mit psüchopathische Beknackte einzulassen... und aufgehängt.
Der alte Herr hatte inne Zwischenzeit auffe Bank Platz genomm' und ein' Hustenanfall nachn annern!
Ich natürlich mit Flatterfinger den Norarzt gewählt, was ja auch für naß ist. An' andern Ende denn:
»Ja, hier Notarzt.« Und ich:

»Komm' Sie ganz schnell her... aber vorher müssen Sie nache Verwaltung, daß die den Schließmechanismus von unse Tore da... damit Sie reinkönn', und auffe Bank hab ich hier ein Scheintoten in ein Papierhemd, der bis eben wie verrückt gehustet hat, aber jetzt ist er ruhig.«
»Schön«, sagt der Notarzt, »wenn Sie uns jetzt bloß noch den Namen von dem Herrn durchgeben und in welcher Krankenkasse er ist.«
»Wahrscheinlich in gar keine«, sag ich, »wenn man nämlich stirbt, ist man automatisch kein Mitglied mehr.«
»Richtig«, sagt der Notarzt, »dann fragen Sie ihn, wo er Mitglied war, bevor er...«
»Augenblick mal«, sag ich, »ich erkundige mich.« Raus und: »In welche Kasse warn Sie...?« Weiter bin ich gar nicht gekomm', weil: das konnte man sehn, nu war er tatsächlich... mit seine gelbe Haut, und de blaue Flecke, und de Augen wie Glaskugeln, mit offenen Mund.
'Die Prothese habn sich de Beerdigungsfritzen also auch untern Nagel gerissen', denk ich noch, aber denn fällt mir ein, daß da ja ganz schöne Schwierigkeiten auf mich zukomm' werden in Gesellschaft vonne Leiche, die von mir aussen Grab geholt worden ist... und nu natürlich nicht bezeugen kann, daß ich se da in lebendigen Zustand rausgebuddelt hab. Da werden se mich zumindest wegen... wie heißt das noch ... ja, wegen Grabschändung rankriegen. Und vielleicht krieg ich noch zusätzlich ne Anzeige an' Hals, daß ich mir seine Klamotten an Land gezogen hab! Das beweis man erstmal, daß du da nix mit zu tun hast, wenn der einzige Zeuge nix mehr sagen kann!
Also, wenn mir sowas nochmal passiert, da laß ich den Scheintoten selbst anrufen... denn bin ich nämlich aussen Schneider!

Cholera-Film

Klar, krieg ich hier Bildung mit. Denn bei uns sind ganz viele Stelln ausse Serie 'Juppheidi und Juppheida' gedreht worden. Der Titel kommt dir vielleicht 'n bischen beknackt vor, ist aber der Anfang von ein' bekannten Gassenhauer — so hießen de Schlager vor 100 Jahre — und de erste Strofe geht so:

Juppheidi und Juppheida
Schnaps ist gut für de Cholera

Die Serie spielt inne Cholerazeit. Hier bei uns sind nämlich riesige Cholera-Massengräber.

Zuerst war sonne Wissenschaftler-Gruppe da, mit alte Bücher und sogar Fotos, denn so lange ist de letzte Epedemie ja noch gar nicht her. Die war so um 1909 rum, sowas in den Dreh. Und sie habn gesucht wie de Bescheuerten, aber habn de Gräber doch nicht gefunden. Klar, da habn se denn in den Gebiet, was jetzt gräbermäßig neu erschlossen wird, nache alte Fotos de Massengräber origenal nachgestellt... nachgegraben.

Richtig mit so Pferdewagen und Kutscher sind denn auch de Choleraleichen rangekarrt worden mit diese Choleraflecken. Das warn alles Statisten, die de Leichen gespielt habn. Erst sollten die ja nackt sein, aber denn habn se protestiert, weil das nu doch schon ganz schön frisch ist vonne Witterung her. De Kirche hat sich auch eingemischt wegen Anstand und Moral, denn de Serie wird ja auch von Kinder und Jugendliche gesehn, das soll man sich mal vor Augen halten. Naja, schließlich habn de Leichen denn doch Klamotten angehabt, teilweise jedenfalls. Der Regisseur war auch sauer, weil: de Statisten habn sich nicht nach seine Anweisung' gerichtet. Wo er nämlich wollte, daß se einfach so daliegen ohne viel Tamtam, habn se fürchterliche Grimassen geschnitten oder ihre Glieder gräßlich verrenkt. Weil se natürlich gedacht habn, so falln sie auf und werden vielleicht als Chrakterdarsteller entdeckt, und Jack Nicholson soll den ersten Schritt von seine Karriere ja auch als Leichen-Komparse in ein' Horror-Schinken gemacht habn.

Zun Schluß hat der Regisseur denn ein' Trick angewendet, indem er de Leute nämlich mit Bier und Klaren abgefüllt hat. Und da ging das mitmal, daß sie de Leichen glaubwürdig dargestellt habn.

Aber trotzdem: *zufrieden* war der Regisseur nicht!

»Die Leichen sind alle viel zu fett!« hat er immer geschrien. »Sowas kann ich nicht gebrauchen! Lauter Fettsäcke und Bierwampen! Damit kann ich kein' glaubwürdigen Cholerafilm drehn!«

Zun Schluß hat er bei den Produzenten durchgeboxt, und der

wieder bein Kultursenator, daß se ihn vonne Stadt aus — de Sozialbehörde ist da, glaub ich, für zuständig — alle Nichtseßhaften bewilligt habn, die inne letzte Woche angefalln warn... als Tote.
Da konnt er sich natürlich richtig austoben! Hat er wieder gute Laune gehabt.
»Endlich mal Leute, die glaubwürdig ihre Rolle spieln!« hat er geradezu gejubelt.
Über eine Leiche hat er sich ganz besonders gefreut: ein Gefangenen aus Fuhlsbüttel, der sich in seine Zelle aufgehängt hat. Der hatte auch genau die blauen Flecke an' ganzen Körper, die ne Choleraleiche habn muß.
Wer noch mehr an Frust in' Kopp hatte als der Regisseur, das war ja der Autor, also der Typ, der das Drehbuch vonne Serie geschrieben hatte. Der hat sich jeden Tag stundenlang bei mir ausgeschleimt. Daß das nämlich zuerst als sozialkritische Serie geplant war... vonne verwanzte und versiffte Häuser in' Gängeviertel, wo de Arbeiterfamilien gewohnt habn. Und während de Väter sich an' Hafen fürn Hungerlohn halbtot geschuftet habn, sind zu Hause de Ratten über de Kinder hergefalln. Und das Wasser habn se immer aus Brunn' gekriegt, wo de Reichen, wenn se von ihre Feste kam', immer reingekotzt habn aus Jux und Dollerei.
Und denn kam de Cholera, und de Leute von' Gängeviertel habn ihre tote Kinder vor de Hauseingänge vonne reichen Kaufleute gelegt. Aber de Reichen habn de Polizei gerufen, und die habn de Arm' verhaftet wegen 'Erregung öffentlichen Ärgernisses', und das Cholera-Viertel ist abgeriegelt worden. Jedenfalls so in diese Art hat das Drehbuch inne erste Fassung ausgesehn.
Aber denn hat der Produzent immer mehr Änderung' verlangt, und heute ist das ne Liebesgeschichte von eine junge Kaufmannstochter, die freiwillig und aus rein' Idealismus inne Cholera-Pflege geht als Krankenschwester, und da verliebt sie sich in ein' jungen Arzt, der sich denn selber ansteckt und schon auffen Cholera-Karren geschmissen wird, der jeden Tag de Leichen nach Ohlsdorf bringt zu de Massengräber, aber in' letzten Moment undsoweiterundsofort...

Jedenfalls kommt sogar Kaiser Wilhelm als jungen Mann in den Film vor, der für de Stadt zun Schluß denn auch 'n Krankenhaus spendiert... Jedenfalls de reinste Scheiße, dieser Film, und da muß man sich eigentlich totschäm' als Autor. Aber das Publikum will eben sowas, wie de letzten Umfragen ergeben habn, und wenn er das Projekt nu abgelehnt hätte, da hätte natürlich jeder gesagt, er mit sein' politisch-elitärn Scheiß richtet sich nicht nache Wünsche von' Volk und ist deshalb undemokratisch. Außerdem hätte sich das Projekt sofort der Schriftsteller K. untern Nagel gerissen, und was dieser Nichtskönner da an Kitsch und Trivialitäten reingefüllt hätte, da ist dies ja noch Gold gegen.

Pastor Belf

»Der Satan liebt das Alter«, sagt Pastor Belf. Das ist der Pastor mitte Beinprothese. Ich mag ihn. Weil: er kann ein' viel erklärn, was man sonst nicht versteht in' Leben.
»Und warum liebt der Satan das Alter?« frag ich.
»Weil die alten Menschen nicht mehr soviel Widerstandskraft haben. Sie bauen ab, körperlich und geistig, und darauf hat der Satan bloß gewartet. Jetzt kriecht er in die Köpfe der Alten und bringt ihren Geist ganz und gar durcheinander. Er verwirrt sie. Und dazu füllt er ihre Köpfe noch mit bösen Gedanken.«
»Und warum macht er das?«
Pastor Belf lacht.
Das hört sich fast so an wie seine quiekende Prothese. Wenn er von ein' Begräbnis zun andern fluppt, da hat er nicht viel Luft dazwischen, denn quiekt sie so.
»Warum er das macht? Du lieber Himmel! Weil er die Alten zu sich hinüberziehen will! Und kurz vor ihrem Tod hat er die besten Chancen. Da können sie sich nicht mehr so wehren, das nutzt er dann aus.«
»Und woran merkt man das?«
»Nun, viele Leute pflegen ihre Alten ja zu Haus. 'Im Krankenhaus, in der Intensiv-Station, zwischen all den kalten medizinischen Instrumenten zu sterben, ganz allein, und keine Men-

schenseele hört ihre letzten Atemzüge, das finden wir grausam. So möchten wir selber auch nicht... Wenn Oma uns verläßt', sagen sie zu ihren Freunden, 'dann soll sie nicht allein sein, dann soll jemand ihre Hand halten. Im Kreise ihrer Angehörigen soll sie... Denn eigentlich gehört der Tod zum Leben. Wie die Geburt... ist er etwas Selbstverständliches. Bei der Geburt ist der Ehemann ja auch dabei... und den Tod unserer Oma sollen die Kinder ebenfalls miterleben.'
Außerdem ist so ein Pflegeheim irrsinnig teuer. Zwischen 3000 und 4000 Mark im Monat kostet das. Und dafür kriegt man noch nicht mal ein Einzelzimmer. Und Oma hat doch nur eine Rente von 1000 Mark. Den Rest müssen die Kinder zahlen. Jawohl! Ein Urlaub ist dann nicht mehr drin! Und das neue Auto kann man sich auch abschminken.
Und deshalb richtet man das kleine Fremdenzimmer für Oma ein. Ihr Bett hat sie behalten. Ihr restlicher Haushalt wird aufgelöst. Gott, ist das eine Arbeit, so einen Haushalt aufzulösen! Ganze Wagenladungen von Schrott sammeln sich an. Aber zum Schluß ist es geschafft.
Oma liegt in ihrem Bett.
Dann kommt die Schwiegertochter ins Zimmer.
'Willst du nicht aufstehn, Oma?'
'Was?'
'Willst du nicht aufstehn?'
'Ich kann nicht...'
'Du kannst, Oma, du mußt bloß wollen. Du bist doch ganz gesund. Und wenn du dich nicht bewegst, dann rostest du immer mehr ein!'
'Aber wenn ich doch nicht kann!'
'Ach was, nu komm man hoch...'
'Ich möcht am liebsten tot sein, wo ich doch gar nichts mehr kann. Ich bin ja bloß noch ne Last für euch.'
'Sowas mußt du nicht sagen, Oma!'«
»Alte Leute«, sag ich denn zu Pastor Belf, »die haben nu mal Sand inne Gelenke, die kann man doch in Ruhe lassen...«
»Kann man«, lächelt Pastor Belf, »das Liegenbleiben ist ja auch noch nicht schlimm, das ist doch erst der Anfang.«
»Wovon der Anfang?«

»Na, von dem Martyrium.«
»Was ist 'n das?«
Pastor Belf lacht. Und dann erzählt er weiter:
»Abends wird Oma gewindelt. Weil sie nämlich das Wasser nicht halten kann. Aber glaub nicht, daß sie das Kaffeetrinken einschränkt.
'Das ist meine einzige Freude, das Kaffeetrinken', sagt sie, 'wollt ihr mir die auch noch nehmen?'
Das will natürlich keiner. Abends wird sie also frisch gewindelt, und dann wünscht man sich eine gute Nacht:
'Schlaf schön, Oma! Träum schön!'
'Wovon soll ich denn noch träumen!'
'Also, schlaf schön!'
Am nächsten Morgen kommt die Schwiegertochter ans Bett:
'Guten Morgen, Oma!'
Die Schwiegertochter schnüffelt, zieht die Nase kraus.
Oma tut so, als ginge sie das nichts an.
'Das riecht ja wieder so...' sagt die Schwiegertochter.
'Ich riech nix', sagt Oma.
Die Schwiegertochter klappt die Decke hoch.
'Das kann doch nicht angehn!' ruft sie, 'das ist ja alles naß! Und dieser Gestank!'
'Da kann ich doch nix für', wimmert Oma.
'Aber ich hab dich doch gestern gewindelt!'
'Weiß ich nicht...'
'Ich weiß es genau! Ich hab dich gewindelt! Wo ist die Windel?'
'Weiß ich nicht. Hier ist keine Windel.'
Die Schwiegertochter guckt unters Bett. Tatsächlich, ganz weit hinten liegt die Windel. Sie ist trocken.
'Warum hast du die Windel nicht anbehalten?'
'Die ist so komisch... die scheuert so... und wenn ich... in die Windel... denn ist das unangenehm... so kalt ist das!'
'Und ich muß jeden Tag das Bett abziehn!'
'Ich kann da doch nix für...'
'Und in die Daunen geht das auch... und in die Matratze!'
'Ihr werdet alle mal alt!'
'Den Gestank kriegt man ja nie mehr raus!'
'Am besten wär das schon, wenn ich tot wär!'

'Ach was, dein Gerede immer! Warum hast du die Windel rausgezogen?'
'Jaja, ich bin immer die Böse...'
'Manchmal denk ich tatsächlich, das machst du bloß...'
'Na, warum mach ich das? Na? Sag's ruhig! Sag's mir ins Gesicht! Das ist mir lieber, als wenn du dich hinter meinem Rücken über mich beschwerst!'«
»Ich kann mir vorstelln, daß das unangenehm ist, ne vollgepißte Windel zwischen de Beine zu haben«, sag ich, »und wenn kleine Hunde ihrn See auffen Teppich machen, da regt sich keiner drüber auf, aber wenn alte Menschen ihre Blase nicht mehr kontrolliern könn', da rastet man aus.«
»Übrigens«, sagt Pastor Belf, »ist das erst der Anfang vom Martyrium. So ein Martyrium ist ausbaufähig. Die nächste Stufe ist das Versteckspielen.«
»Das spielen doch Kinder.«
»Hast du eine Ahnung! Kinder! Nein, Alte spielen das! Und zwar unter der Regie vom Satan persönlich! Das geht so:
'Hier, Oma, deine Suppe!'
'Banke.'
'Wo ist denn deine Zahnprothese, Oma?'
'Benn ich Buppe eff, brauch ich kein Gebiff!'
'Aber wie sieht denn das aus, Oma, ohne Zähne!'
'Barum boll ich fön bein?'
'Aber wenn dich jemand besucht, Oma!'
'Mich bebucht? Ber boll mich bebuchen?'
'Es sieht einfach gemein aus. Wo hast du es denn gelassen?'
'Baf beif ich, bo baf if...'
'Es ist widerlich!'
'Buppe geht beffer ohne Gebiff!'
'Ekelhaft ist das!'
Ja, und dann kommt die Eskalation.«
»Und wenn das Gebiß wirklich drückt?«
Pastor Belf ist jetzt in Fahrt:
»Ob es wirklich drückt, darum geht es doch nicht! Wenn so ein Ding drückt, kann jeder Zahntechniker es so zurechtschleifen, daß es nicht mehr drückt! Aber das Gebiß ist unwichtig. Wichtig ist allein die Äktschen.«

»Die Äktschen?«
Pastor Belf verdreht die Augen.
»Gut«, sagt er, »ich geb dir noch ein Beispiel:
'Guten Morgen, Oma!'
'Was?'
'Guten Morgen, Oma!'
'Was hast du gesagt? Ich versteh nix!'
'Ich hab GUTEN MORGEN gesagt, aber wo ist denn dein Hörgerät?'
'Ich hab noch immer nix verstanden...'
'WO DU DEIN HÖRGERÄT HAST?'
'Ich hab nämlich mein Hörgerät nicht drin. Und wenn du so brüllst, wird alles noch undeutlicher.'
'Wo hast du es denn?'
'Wenn ich mein Hörgerät drin hab, versteh ich alles, aber es ist weg...'
'WO IST ES DENN? Warte, ich schreib es dir auf!' Und dann geht sie in die Küche, die liebe Schwiegertochter, sie zittert am ganzen Körper. Darauf schluckt sie zwei Valium und schreibt anschließend auf einen Zettel: wo ist Dein Hörgerät?
Den Zettel hält sie der Oma hin. Die holt sich die Brille vom Nachttisch, setzt sie auf, liest, nickt. Dann sagt sie:
'Ja, wo ist das Hörgerät?... Aber eigentlich brauch ich das gar nicht. Ich versteh auch so alles ganz gut.'
'WIR MÜSSEN DAS HÖRGERÄT SUCHEN.'
'Warum schreist du denn? Wenn du so schreist, kann ich gar nichts verstehen, immer mußt du gleich so schrein...'
Und nun weint Oma.
Und die Schwiegertochter schüttelt das Valium-Gefäß. Es ist leer.«
»Da ist der Tod denn wirklich ne Erlösung«, sag ich.
»Ja«, sagt Pastor Belf, »eine Erlösung, bei der ein bißchen nachgeholfen werden muß.«
»Das versteh ich nicht.«
»Na, nachgeholfen. Die meisten Alten, die zu Hause sterben sollten, werden doch umgebracht!«
»Umgebracht?«
»Man drückt ihnen ein Kopfkissen auf den Kopf, bis sie erstickt

sind, das wird am häufigsten gemacht. Viele werden auch erwürgt. Oder man mischt ihnen Fischgräten in die Suppe, daß sie daran ersticken...«
»Aber die Ärzte... Die müssen doch den Totenschein...«
»Die wissen Bescheid.«
»Und warum... warum machen die keine Anzeige?«
»Die Ärzte haben selber Eltern.«
»Und wie kommen Sie darauf? Ich mein, Sie könn' doch nicht einfach so'n Verdacht... Sie könn' sowas doch nicht so mirnichtsdirnichts behaupten... Sie sind doch kein Arzt... woher nehm' Sie denn die Beweise?«
»Wenn ich Hausbesuche mach, und die Leute erzählen nur Gutes von ihren Omas und Opas... DARAN merkt man es.«
»Und bei Ihren Begräbnisreden, da verwenden Sie das? Ich mein, das Gute?«
»Muß ich doch... ich hör ja nichts anderes.«

Melchior lacht bloß

Ich weiß nicht, woran das liegt, daß hier de komischsten Typen aufkreuzen. 'n Friedhof ist doch eigentlich auch nix weiter als 'n Unternehmen, 'n Betrieb sozusagen. Wenn auch — unter Betrieb stellt man sich meistens ja Maschinen vor, Lärm, Abgase, viele Typen, die irgendwas in Akkord produziern und dabei irgendwelchen feinzerstaubten Giftmüll einatmen, daß sie nachn paar Jahrn gelb in' Gesicht werden, und der Brägen tröpfelt ihn' ausse Ohrn, oder sie husten sich jeden Tag ein Kilo Lungenhaschee übern Schlips. Das läuft hier natürlich nicht so... nicht ganz so, denn in Stoßzeiten werden hier auch 100 Beerdigungen an Tag abgezogen. Denn ist das hier so gestopft voll von Trauergesellschaften wie de Mönckebergstraße, wenn der Sommerschlußverkauf abgeht. Ein Pope versucht den andern zu übertön', und abends ist alles total zertrampelt.
Und produziert wird hier auch... nee, nicht bloß de Asche inne Kremas. Wir produziern, wie soll ich das sagen, so wie de Bundeswehr 'Sicherheit' produziert... wo ja auch kein normaler Mensch auf kommt, wenn de Bundesbahn de Stoppelhopper

nachn Wochenendurlaub inne Kasern' zurückkarrt und die alle Abteile und Gänge bis zur Sitzhöhe vollkotzen, daß diese Pestbeulen 'Sicherheit' produziern. Wie gesagt, wir produziern DEN WÜRDIGEN ABSCHLUSS EINES BEDEUTENDEN MENSCHENLEBENS. Zun Beispiel, was Opa in Krieg geleistet hat, wie er seine Fahrradhandlung aufgebaut hat, und geheiratet hat er auch und vier Kinder großgezogen. Und wie er für de Gemeinschaft gewirkt hat: in vier Vereine war er. Und den Kegelklub 'Fall um' hat er sogar mitbegründet. Und die Beschwerden des Alters hat er gedulgig ertragen undsoweiterundsofort. Und alle nicken, und de Trän' laufen literweise. Oder meinst du, da wird erzählt, wie so'n Opa in' bepißten Pyjama auffe Bettkante hockt, und der Zivi zieht de Laken ab, wobei er de Luft anhält, damit er nicht loskotzt wegen den Gestank. Meinst du, sowas wird hier erzählt? Oder wie Opa nachts mitten Riemen ans Bett gebunden wird, damit er nicht abhaut? Halt auf!
Ist ja auch scheißegal, was de Dröhnköppe da rumsülzen an' Grab, umrahmt von Blumensträuße, Kränze, schluchzende Angehörige und Posaunenchöre — Hauptsache, das bringt Knete. Ich hark ja bloß das Laub zusamm', aber man kriegt natürlich mit, was da alles so abläuft!
Zun Beispiel interessiern mich die komischen Typen hier. Dieser Ort zieht sie nämlich an wie 'n Scheißhaufen de Fliegen. Da ist zun Beispiel der Pastor Melchior. 'n richtiger Pastor. Wenn auch ohne Gemeinde. Weil: er war 'n Spezi. Einer, der sechs bis acht Stunden an' Tag Beerdigungsreden abgezogen hat.
Das wollt ich übrigens noch sagen: wenn du selber mal an dein' eigenen Grab ne Show wünschst, wo jeden Angehörigen so ca. 20 Liter Salzlake ausse Tränensäcke gedrückt werden soll, denn sorg dafür, daß so ein Spezi den Laden schmeißt. Auffe andere Seite ist so ein Spezi aber auch besonders gefährdet, vor allen Ding', wenn er sensibel ist. Irrenärzte, das weiß jeder, sind nach zehn Jahre Dienst von ihre Patienten nicht mehr zu unterscheiden. Telefonseelsorger, die Tausende den Strick von' Hals gezogen habn: nach zehn Jahrn hängen sie sich selber auf, und bei ihn' klappt das, weil sie nicht auffe Schnapsidee komm', bei de Telefonseelsorge anzurufen. Ja, und bei unse Spezis gibt

das natürlich auch 'n ziemlichen Schwund. Wer zehn Jahre ohne Dachschaden übersteht, der schafft es, aus SS-Himmler 'n Heiligen Vater zu machen.
Der Pastor Melchior hat die Hürden nicht geschafft. Ich weiß noch genau den Tag, als ihn de Leitung riß. Er hatte 'n ehemaligen Zahnarzt inne Mangel, der vier Praxen und ungefähr 100 Zahntechniker laufen hatte.
Zuerst kam das predigtmäßig ganz normal.
»Während des Krieges«, dröhnt Melchior, »war er im Osten eingesetzt. In irgendeinem Lager. Es muß ein harter Dienst gewesen sein, denn gesprochen hat er nie über diese Zeit. Dessen aber sind wir gewiß: auch hier und gerade hier wird er sich als Arzt und als Mensch mit aller Kraft eingesetzt haben für die Leidenden blablabla«. Ja, und denn fängt er mitmal an zu lachen. Mitten inne Predigt. Und das ist ja die Todsünde für ein' Grabrede-Spezi... und lernt er schon vor seine erste Predigt: NIEMALS AN' GRAB LACHEN! Alles glotzt noch so wie jemand, der inne Pizzeria zwischen sein' Spaghettis 'n Bandwurm entdeckt hat. Aber schon hat der Pastor sich gefang', ist wieder total ernst. Die Leute denken: vielleicht hat er gar nicht gelacht... bloß geniest oder sowas, oder alles war bloß ne Sinnestäuschung, hervorgerufen durch übermäßige Trauer, da sagt der Melchior:
»... und als der Krieg zu Ende gegangen war, da stand er vor den Toren seiner zerbombten Heimatstadt, und er dachte: 'Nun habe ich mich all die Jahre aufgeopfert für Führer, Volk und Vaterland, und jetzt muß ich erkennen, daß der Führer ein Verführer war, daß das Volk gedemütigt und das Vaterland von fremden Truppen besetzt ist. Und ich, der ich heimkomme, habe nichts für meine hungernden Angehörigen, denen feindliche Flugzeuge das Dach über dem Kopf weggebombt haben. Wer bist du, o Gott, der du dieses zuläßt!' Und wie er da so stand bei einbrechender Nacht und mit seinem Gotte sprach, siehe, da donnerte es aus der Höhe, und alsbald lösten sich die Sterne vom Himmel und fielen herab. Und er sammelte sie auf und füllte damit seinen Rucksack, und sie hatten sich alle in goldene Zähne verwandelt, die den Grundstock bildeten zu seinem späteren Reichtum...« An dieser Stelle fing der Melchior

wieder an zu lachen! Und wie! Aber er war der einzige, der lachte.

Klar, daß sich de Trauergemeinde bei den Obermufti von Melchior beschwert hat. Und der hat sich entschuldigt und gesagt, der arme Kollege wär überlastet, und hinterher hat er den Melchior derart zusammengeschissen, daß der sich den Talar vollgeseicht hat vor lauter Muffe. Er hat denn auch geschworn, daß sowas nicht wieder vorkommt, aber es hat nichts gebracht, weil: er hatte wohl schon 'n Schlag weg.

An nächsten Morgen hatte er ein' gewissen Hirse zu betreuen, 'n fünfzigjährigen Postbote, der in ein' offenen Gully gelaufen war. Und bei den hat Melchior ne Show abgezogen, die war einmalig!

»Wenn ihr glaubt, der alte Hirse kommt ins Paradies, dann seid ihr aber im Irrtum! In die Hölle kommt er! Und die müßt ihr euch so vorstellen, wie die langen Flure im Arbeitsamt, wo die Berber auf den Bänken und Stühlen hocken, ja, und auch auf dem Fußboden hocken sie und warten, daß ein Aushilfsjob ausgerufen wird, aber er wird nicht... Der Himmel jedoch ist wie das kalte Büfett beim großen Ball der Kiefernorthopäden im ATLANTIC. Aber in den Himmel kommen nur die, die ZAHLEN können! Denn der liebe Gott ist KORRUPT, verehrte Trauergemeinde, und das arme Ferkel in seinem Billigsarg hat nicht die Bohne einer Chance, ans himmlische Büfett zu kommen...«

An diese Stelle sind zwei vonne Trauernde nach vorne gegangen und habn sich den geistlichen Herrn geschnappt. Der eine hat sich ihn von hinten gegriffen und hat ihn de Arme übern Hintern zusamm'gezogen. Der andere aber hat ihn dermaßen inne Eier getreten, daß er nach vorne geklappt ist und sich mitten eigenen Kinn de rechte Kniescheibe kaputtgehaun hat.

Natürlich ist er aus sein' Job rausgeflogen. Er hat denn aber auf Glaser umgeschult und ist wieder ganz normal geworden. Er kriegt bloß immer de Klatsche, wenn er auffen Friedhof ist. Verbieten kann man ihn das nicht. Und wenn er hier de Sau rausläßt, kann man ihn nicht mal gerichtlich an' Sack, weil er ja 'n Jagdschein hat.

Da gibt's denn so'n Warnsystem. Wir Laubharker müssen in

sonne Trillerpfeife husten, wie sie Fußball-Schiris haben oder Bahnhofsvorsteher, wenn er aufkreuzt. Aber ich zun Beispiel scheiß drauf. Tu so, als hätt ich grad 'n Hustenanfall, wenn ich ihn zwischen den Buchsbaum rumschleichen seh, denn ich bin ein Freund von gute Gags. Und Melchior hat immer wieder neue Lümmeleien auffe Pfanne.
Manchmal lacht er bloß bei de Predigt von seine Kollegen, und ich sag dir, der hat ein Lachen an' Leib! Der schmeißt jede Rede damit. Der würd sogar sonne richtig ernste Regierungserklärung von' Bundeskanzler, regelrecht kaputtlachen würd der die!

Der Lüders und Cilly Marengo

Lüders, der heut das Krema unter sich hat, ist 'n abgebrochener Medizinstudent. Sein Vater war schon Arzt, und denn werden de Söhne das meistens auch, weil se de Praxis gleich übernehm' könn'. Aber er hat das nicht gebracht. Zu sensibel! Gleich inne erste Anatomie-Stunde ist er umgekippt. Bei Operation' an' lebendigen Körper, wo man als Student ja zumindest mal zugeguckt haben muß, war's dasselbe. Wenn das Messer inne Haut rein, und de Wunde denn aussenandergegang' ist, und das gelbe Fettgewebe ist so vorgequolln, das hat ihn fertiggemacht. Sein Vater hat ihn denn von' Psychiater behandeln lassen, mit son Trainingsprogramm, daß er sich da langsam an gewöhnt. Also: mußte er zun Schlachthof und zugucken, wie de Tiere mitten Bolzenschußapparat... sowas geht ja blitzschnell. Das Dings wird den Tier angesetzt, zwischen de Augen, und — zack — legt sich's auch schon hin. Die letzte Stufe von den Trainingsprogramm war denn, daß er sich hier den Krema-Vorgang, mußte er durch das Kontrollfenster... Und nu denkt natürlich jeder: das wär das härteste... und würde er in seine Sensibilität wochenlang in' Koma liegen, aber das Kremiern hat ihn gefalln. Und ist er denn klebengeblieben.
»Diese blitzschnelle Verwandlung hat schon was Faszinierendes«, hat er mal zu mir gesagt, »wie im Märchen ist das.«
Ja, das wollt ich überhaupt sagen: der Lüders ist gebildet. Mit den

kann man sich schon ganz doll unterhalten... von' Niveau her. Sein Hobby ist, daß er sich bei manche berühmte Leute, und habn wir da ne ganze Masse von hier liegen, daß er sich über die ihr Leben informiert.
Richtig so'n Hobby ist das von ihn. Also, wenn er vor so'n Grabstein steht mit den Namen und de Daten, vielleicht auch den Spruch anguckt: ihn sagt das was. Und ich profitier da auch von, weil, wenn ich Zeit hab und bei ihn fällt auch nicht viel an, denn hol ich ihn ab von' Krema, und er zeigt mir denn so'n paar Steine und bringt da de Geschichte zu. Zun Beispiel diesen schönen Stein aus schwarzen Marmor, der mich immer an den ein' berühmten Fußball-Pokal erinnert: der gehört Cilly Marengo. Hast den Nam' auch noch nie gehört, nicht? War aber inne wilde Zwanziger Jahre ne ganz berühmte Frau. Und de Muse vonne berühmteste Dichter damals. Also, ne Muse ist eine, die mitte Dichter rumbummst und da hinterher Briefe drüber schreibt. Und de Dichter sind dadurch inspiriert und schreiben ihre unsterblichen Werke. Aber nie, daß se auch bloß ein' Pfennig genomm' hat! Höchstens mal 'n Pelzmantel oder ne Kleinigkeit an Schmuck.
Lüders sagt, daß de meisten großen Dichtung' aus diese Zeit: habn wir alle Cilly Marengo zu verdanken.
Geborn ist sie in Österreich, wo sie als junges Mädchen als Kellnerin gearbeitet hat. Und denn ist sie bein Serviern ein' Gast aufgefalln. Der war zufällig Regisseur oder sowas, und der hat ihr den berühmten Floh ins Ohr gesetzt, so in de Art: »Fräulein, so wie Sie fragen, ob's geschmeckt hat, das hat sowas... da muß man Ihnen einfach Trinkgeld geben. Vielleicht sollten Sie Schauspielerin werden?«
Sie ist auch sofort nach Wien gefahrn, zun Burgtheater oder wie das geheißen hat, und hat den Direktor das Gretchen aussen FAUST vorgesprochen. Mit ein' tiefen Ausdruck, aber in ein' wahnsinnigen Dialekt. Ja, der Dialekt, das war das, woran se gescheitert ist. Daß sie in ihrn Text viermal steckengeblieben ist, das hätt den Direktor gar nicht mal gestört, aber der Dialekt!
Und da ist ihr *der* Einfall gekomm': machst einfach was, wo du nicht sprechen mußt, aber dich doch voll ausgeben kannst. Und ist sie Tänzerin geworden.

Damals war ja 'in', daß de Tänzerinn' unbekleidet... also, nackt kann man da schon fast zu sagen, sind sie aufgetreten. Das warn de sogenannten Schönheitstänze. Sonne Art Strip, bloß daß das damals nicht in so Preßluft-Schuppen auffen Kiez, sondern inne vornehmste Läden... sogar in so Theater wie das Schauspielhaus... und statt Kleidung, die sie ausziehn, hatten sie damals Tiere, meistens lebende Schlang'... so Pythons, die sie sich bein Tanzen um de Körper gewickelt habn, was das Publikum wahnsinnig angetörnt hat.
Sie hat nicht mit ne Schlange — das habn de Kolleginn' schon geboten — ihr Tier war ein Goldhamster, Freddy, und das ist wahnsinnig übergekomm'. Bürgermeister, Minister, Künstler, also wirklich die beste Gesellschaft, hat jeden Abend inne Theater gesessen... und konnte gar nicht genug davon kriegen von ihrn Tanz. Sogar den berühmten General Hindenburg soll damals vor Begeisterung das Monokel aussen Auge gesprung' sein. Und mit den Physiker Einstein hatte sie denn ein Verhältnis, das ihn zu diese berühmte Relativitätstheorie inspiriert hat.
Wie gesagt, auch andere Dichter, Heinrich Köllisch zun Beispiel, Arnold Risch, Thomas Mann, das ist ne endlose Reihe von große Namen... Arno Blaustich fällt mir noch ein, der das Lied AUFFER REEPERBAHN NACHTS UM HALBEINS gedichtet haben soll... oder verwechsel ich das nu? Jedenfalls, der Dichter Janheinz Scheuerle, der den Text von den unsterblichen Evergreen

'Denn mit den Füßen geht es
trapptrapptrapp!
Und mit den Händen geht es
klappklappklapp!
Hübsch und fein,
artig sein
müssen alle kleinen Kinder sein',

hat sich wegen Cilly sogar von' Michel stürzen wolln. Ein Bein hatte er schon über de Brüstung, als der Fahrstuhlführer ihn zurückgerissen hat. Und denn kam der Skandal, wo man sie als Spionin erwischt hat. Hat sie sich als Industrie-Spionin bei de Gummiwerke Harburg in das Herz von den Direktor eingeschlichen, um anne Formel für de Kunstgummimasse ranzukomm', wo Gummistiefel aus hergestellt werden.

Nach den berühmten Zeitungsartikel wollte sie denn kein Direktor mehr als Tänzerin engagiern. Sie hat denn noch als Harfenistin bei de Heilsarmee gearbeitet. Und gestorben ist sie verarmt und vergessen als Reinmachefrau in' 'Museum für Hamburgische Geschichte' an' Holstenwall.
Erst ihr Tod war wieder ne Sensation. Bein Abstauben vonne Guillotine hat sich wohl das mürbe Halteseil von den Beil da... jedenfalls, die Zeitung' warn voll davon. Bei ihre Beerdigung warn denn wieder alle bedeutenden Männer, die sie inspiriert hat, und gleich nache Feier habn sie 'n Hut rumgehn lassen. Da ist denn der schöne Grabstein von rausgebraten.

Was sogar Vonday nicht schafft

Der Vonday, das ist vielleicht ne Marke! Bei der Inspektion erzähln sie sich, der ist früher mal Doktor gewesen, sogar Professordoktor. Und Chirurg. Aber denn habn sich bei ihn de Kunstfehler gehäuft, und sie habn ihn anne Luft gesetzt.
Ich glaub das nicht. Weil: als Chirurg kannst du noch und nöcher Kunstfehler machen. An' laufenden Band! Und passiern tut nicht die Bohne! Höchstens, daß 'n paar Krankenschwestern und Pfleger entlassen werden, weil sie de Operationsmesser nicht genügend geschliffen oder desinfiziert habn. Vielleicht werden sie sogar bestraft, aber 'n Professor doch nicht! Wo käm' wir denn da auch hin! Da würd ja alles Vertrauen inne Kapazitäten den Bach runtergehn!
Ich glaub, der Vonday hat immer schon als Leichenkosmetiker gearbeitet.
Hat er auch nie abgestritten.
Er hat bei de Firma Fechter gelernt.
»Das ist der Top-Laden auf diesem Gebiet«, erzählt er, »die haben alle Größen aus Wirtschaft und Politik in der Mangel gehabt. Die werden nämlich *alle* behandelt!«
Hab ich zuerst nicht geglaubt. Aber er hat mir das genau erklärt: so mit ihre normale Gesichtszüge, die sie bei ihrn Tod habn, könnte man die niemals ausstelln, daß die Trauernden da an' offenen Sarg vorbeidefiliern. Das wär unmöglich.

»Und warum ist das unmöglich?« frag ich.
Ja, da hat er mir das alles haarklein...
Wenn man sich zum Beispiel 'n Papst vorstellt. Den ein' zun Beispiel, der immer mit Hitler zusamm' Kaffee getrunken hat. Eichelkaffee, weil: der Hitler hatte was mitten Magen. Dauernd Sodbrenn'. Da konnt er kein' Bohnkaffee ab. Darum war er auch so aggressiv und hat mit jeden Land Krieg angefang'. Und an Blähungen hat er auch gelitten, darum hat er dauernd so laut rumgebrüllt, weil er seine Blähungen übertön' wollte...
Wie gesagt, dieser Papst, so'n Magerer, als der auf sein' Sterbebett lag: was hat er da gestrampelt und um sich geschlagen! Den Priester, der ihn de Letzte Ölung verpassen sollte, den hat er sogar mitten Fuß getreten, daß er Leine ziehn sollte. Klar, so'n alter Kardinal wollte ihn immer beruhigen:
»Freuen Sie sich, Hl. Vater, Sie komm' ja nu bald ins Paradies...«
Aber da hat der Papst richtig angefang' zu kreischen:
»Weg da, ihr alten Heuchler! Ich weiß Bescheid... Ich will nicht sterben! Scheiß aufs Paradies!«
Ja, richtig geflucht soll er haben. Und das als Papst!
Zun Schluß mußten ihn de Ärzte denn ne Beruhigungsspritze verpassen, denn was weiß ich, was er da sonst noch von sich gegeben hätte. Wo er doch sogar schon das Kruzifix angespuckt hat, daß sie ihn zun Küssen entgegengehalten habn.
Nach der Spritze war er ruhig.
Aber sein Gesichtsausdruck!
Sowas von verzerrt!
Die Kardinäle habn ja versucht, ihn das scheue Lächeln, was er immer so an sich gehabt hat, wieder reinzudrücken, aber das klappte nicht.
Da ist er zu Fechter gekomm', und die habn das hingebügelt.
Oder die toten Bundeskanzler.
Adenauer zun Beispiel. Der hatte als Toter so'n richtig gemeines Grinsen drauf. Und wenn bein Trauergottesdienst gesagt worden wär: 'Er hat sich um unser Vaterland verdient gemacht!' Und dazu *dies* Grinsen von' Alten, das wär undenkbar gewesen!
»Den Adenauer hab ich persönlich geplättet!« erzählt Herr

Vonday immer. Und hat er genau erklärt, welche Temperatur die kleinen Bügeleisen haben müssen, damit der Gesichtsausdruck hält... und daß sie nicht zu heiß werden dürfen, weil das de Haut vonne Leiche nicht mehr mitmacht.
Wie gesagt: Adenauer mitten berühmten gütigen Lächeln war sein Meisterstück.
Aber Kiesinger war auch nicht schlecht.
Und bei den war das wirklich schwer. Der hatte so'n lockeres, teigiges Gesicht, das immer wieder aussenanderlief. Aber mit ne Gipseinspritzung hat er Kontur reingekriegt.
Zun Kiesinger habn se ihn extra geholt, da war er ja schon lange hier bei uns. Jedenfalls, kein anderer konnte mit *den* Gesicht was anfang'. Aber er hat was draus gemacht.
Angst hat er ja jetzt schon vor Kohl. Wenn das bei den so weit ist, und die Nachrücker bei ihn auffe Matte stehn, da will er sich krankmelden.
»Mit dem komme sogar ich nicht klar«, stöhnt er, »da können die Herren noch so sehr auf mich einpriestern, von wegen 'Verantwortung unserem Staat gegenüber', ich mach das nicht.«
Die jungen Leute bei ihn lern' was. Bei de Gesellenprüfung wird aber auch was verlangt! Mindestens zehn Muster muß jeder beherrschen, der die Lehrzeit beendet.
'Gütig' zun Beispiel. Oder 'ernst und verantwortungsvoll'. Das wird beonders gern für Leute ausse Wirtschaft genomm'. Oder 'furchtlos' für Militärs. Der Verteidigungsminister zun Beispiel soll auch 'furchtlos' kriegen, sagt Herr Vonday. Aber der macht keine Probleme, hat'n prima Kopf, fast gar kein Fett. Da läßt sich jeder Ausdruck reinbring', warum nicht 'furchtlos'?
Über de Konkurrenz schimpft er.
»Das mag man sich gar nicht angucken. Neulich lag da ein ehemaliger Finanzsenator aufgebahrt. Der hatte einen richtig abgefeimten Gesichtsausdruck. Wie ein alter Lude. Ich hätte sowas niemals durchgehen lassen!«
An schlimmsten ist es, wenn de Fixierung nicht hält und de Gesichtszüge bei de Präsentation verrutschen, vielleicht sogar bei de Predigt.
'n junger Pastor hat das mal miterlebt. Bei ein' Hamburger Bürgermeister war das.

»Ein Muster an Gradlinigkeit bist du uns immer gewesen!« ruft der Pastor und guckt die Leiche an, und in den Augenblick verrutschen der die Gesichtszüge zu ne dermaßen zynische Miene: sowas bringt nichtmal 'n Beamter vonne Fremdenpolizei, wenn er abgeschobene Asylanten, die grade inne IRAN AIRWAYS krabbeln, »Na, denn man eine vergnügte Heimreise!« hinterherruft. Der Pastor hat denn auch de Augen verdreht und ist in Ohnmacht gefalln.

Frauen kriegen meist 'bescheiden' aufgedrückt, und Kinder 'unschuldig'.

Neulich hat mal ne Hinterbliebenenfamilie für ihrn Opa 'unschuldig' geordert. Der alte Herr war Richter gewesen. Von 1939 — 45 hat er als Militärrichter gearbeitet. Nach 45 hat er denn ne politische Karriere gemacht.

»Ich habe die Verwandten ja gewarnt, habe 'standfest' vorgeschlagen, aber die hatten sich versteift. Doch 'unschuldig' ging einfach nicht. Zwei Tage habe ich mich abgerackert, aber es hielt nicht.«

Bei manche Gesichter hält 'unschuldig' einfach nicht!

Fischer vonne Inspektion

Fischer ist vonne Aufsicht. Aber das darfst du nicht sagen, da macht er Putz, und du wirst nur noch bein Kränzeabräum' eingesetzt.

»Ich komme von der *Inspektion*«, sagt er immer, und fühlt sich natürlich gebauchpinselt, wenn de Laubharker ihn mit 'Herr Inspektor' anreden.

Wenn er 'n Guten hat, knallt er sich schon an' frühen Morgen de Birne voll. Denn mußt du aufpassen wie'n Schießhund, daß du ihn nicht übern Weg läufst. Da pupt er dich sofort an:

»Hallo Sie, kommen Sie mal her!« Und du:

»Ja? Ist was, Herr Inspektor?«

»Was machen Sie hier überhaupt?«

»Laub zusamm'harken, Herr Inspektor.«

»Wo harken Sie denn was zusammen?«

»Da liegt zun Beispiel das Laub, gucken Sie, hier, überall abge-

fallene Blätter, die hark ich zusamm' und tu sie inne Abfallkörbe.«
»Und was machen Sie im Frühjahr?«
»Da nehm ich de Fichten-Abdeckung vonne Gräber.«
»Das ganze Frühjahr über?«
»Sie wissen selber, was das für ne Arbeit ist, weil: jedes Grab ist doch abgedeckt.«
»So... ja... und im Sommer, was machen Sie da?«
»Da zupf ich Unkraut und gieß de Blumen... und denn geht das ja auch schon los mitten Abharken.«
»Im Herbst?«
»Da weiß ich gar nicht, wo mir der Kopf steht vor Laub... und denn kommt noch de Abdeckerei dazu...«
Jetzt kommt er ganz dicht ran, stinkt wie ne Müllkippe aussen Rachen und sagt:
»*Und im Winter?*«
»Na, so de Wege von Schnee reinhalten...«
»*Und wenn es nicht schneit?*«
»Meistens schneit das doch...«
»Sie faules Schwein!« bölkt er denn, »Sie Schmarotzer! Und nie um eine Ausrede verlegen! Und jetzt waschen Sie mal sofort die Taubenscheiße von dem Mausoleum!«
Das ist das Gemeinste. Auffe Mausoleen hocken nämlich Tag für Tag ungefähr hunderttausend Tauben und bemühen sich, die Steinmonster mit alle ihre Engel und Säulen und Palmwedel zuzuscheißen. Die Viecher schein' tatsächlich 'n vernünftigen Kunst-Geschmack zu habn, aber gegen Fischer haben sie keine Chance, besonders denn nicht, wenn er unter Strom steht.
»Sind Sie noch nicht da?«
»Jaja, ich muß mir bloß noch Arbeitshandschuh und Spachtel holn!«
»Nix da! Für das bißchen Taubenscheiße genügen Ihre Wichsgriffel! Oder wolln Sie hier die Arbeit verweigern, Sie Berber?«
Und ich steh denn vor diese beschissene Sarkophage und reiß die feste Taubenscheiße mitte bloße Hände runter. Nach zwei Sekunden hab ich mir schon die Nägel abgerissen. Danach gehn de Fingerkuppen flöten, die scharfe Scheiße brennt wie wahnsinnig in den rohen Fleisch.

Fischer steht da und guckt zu:
»Nu mal 'n bißchen Tempo!«
Ich sag nichts. Der Schweiß brennt mir inne Augen. Meine Finger fühln sich an, als ob ich sie auf ne glühende Kochplatte drück. Das Fleisch anne Fingerspitzen ist schon bis auffe Knochen weg. Ich blute wie'n abgestochenes Schwein. Und wahrscheinlich hab ich mich längst vergiftet mit irgendein' Virus, der das Gehirn auflöst und sowieso nicht zu heilen ist.
Ein Sklave bin ich!
Ein in' Dreck getretenes Arschloch, und der mich immer wieder reintritt, das ist der besoffene Fischer, der sich darüber beölt, wie ich die angetrocknete, zementharte Scheiße vonne Steine kratz.
Warum ich den Fischer nicht einfach in die Eier tret und abhau?
Diesen bescheuerten Einemarksjob sausen laß?
Du hast gut reden!
Geben vielleicht de Alterpfleger auf?
Oder die armen Schweine, die de AKWs feudeln und die spätestens nach fünf Monate von Strahlenkrebs zerfressen sind?
Geben Pastoren auf und Unteroffiziere?
Oder Seziergehilfen, die jeden Tag Leichen tranchieren, die vier Wochen inne Elbe gelegen habn?
Oder Lehrer, Knastschließer und Irrenwärter, geben die auf?
Und der Fischer ist ja höchstens einmal inne Woche besoffen.
Und noch was: eigentlich hab ich selber schuld. Wenn ich nämlich von mir aus jeden Tag de Taubenscheiße wegmachen würde, denn könnte die gar nicht so festtrocknen, könnte gar nicht so hart werden, daß ich mir damit das Fleisch vonne Finger reiß.
Und wenn Fischer hinterher sein' Moralischen kriegt, denn bereut er das ja auch, wie er mich zur Sau gemacht hat.
Quält sich regelrecht.
Und das gönn ich diesen Arsch!

Der Moralische

Wenn Fischer, diese Pestbeule, den Kater auffen Kopp sitzen hat, kriegt er den Moralischen.
»Äi, Putzi, bist du mir böse?«
Ich sag denn nix.
»Putzi, komm, laß die Maulerei... ich weiß doch selber, daß ich Scheiße gebaut hab, entschuldige...«
Ich sag noch immer nix, laß ihn weiterseibeln.
»Putzi, wenn du willst, kratz ich selber die Taubenscheiße von den Mausos! Sag ein Wort, und ich mach das!«
»Jetzt sind die Mausos ja sauber...«
»Ja! Ja! Aber da liegt zum Beispiel Hundescheiße. Soll ich die aufsammeln? Soll ich sie auffressen? Wenn du willst, daß ich sie auffreß, genügt ein Wort.«
Ich bin doch nicht bescheuert, daß ich sag, er soll die Kacke fressen! Morgen, wenn er wieder dicht ist, sagt er denn:
»Sie fressen jetzt sämtliche Hundescheiße, die hier so rumliegt. Übrigens verlang ich nichts von Ihnen, was ich nicht selber mal gemacht hab...«
»Na, was ist Putzi?« winselt er. Und ich sag:
»Beruhigen Sie sich, Herr Inspektor, jeder hat mal schlechte Laune, und denn gehört das ja auch zu unsern Aufgaben, die Mausos sauberzuhalten.«
»Warum siezt du mich überhaupt, Putzi? Sind wir nicht alle Menschen? Sind wir nicht alle Brüder? Warum lernen wir nicht von den Toten, die alle gleich tot sind?«
»Aber die einen haben nen Eichensarg, der mit Seide ausgepolstert ist, und die andern liegen auf Papierkissen inne Kiste aus Fichtenholz.«
»Eiche verfault viel schneller!«
»Die einen habn 'n Mausoleum auffen Grab, die andern ne Kunststoffplatte.«
»So'n Mausoleum ist viel schwerer! Wie das die arme Leiche zusammendrückt!«
Er heult.
Ich hab schon verstanden: auch nach ihrn Tod sind de Reichen beschissener dran als de Armen!

Die Olle und der Lütte

Wenn Fischer nicht bedröhnt ist und auch kein' Kater auffen Kopp hocken hat, sabbelt er.
Denn läuft ihn der Dünnpfiff de Mundwinkel runter.
Aber manchmal hat er auch ganz witzige Sachen auf Lager.
Was der manchmal so rumspinnt, da ist das Ende von weg! Zun Beispiel, daß früher, wenn da ne reiche Tante aus Pöseldorf oder vonne Elbchaussee abgenippelt ist, denn sind ihre Verwandten inne Wanzenviertel rein, so Rothenburgsort oder Wilhelmsburg oder Mottenburg oder Neustadt, was weiß ich, und habn da versucht, sich 'n toten Säugling an Land zu ziehn, für den de Eltern ja sowieso keine Beerdigung bezahln konnten. Denn habn sie den Lütten der alten, reichen Tante in' Arm gelegt, und so sind sie denn zusamm' eingekuhlt worden.
»Da hatten denn ja beide Toten was von«, sagt Fischer.
»Wieso?« frag ich, »beide? Bei den Säugling ist das klar, den seine Eltern habn de Beerdigungskosten und de Knete für Sarg, Blumenschmuck und alles, was so dazugehört: habn sie eingespart. Aber was hat die reiche Tante davon?«
»So ein Säugling ist ja unschuldig und kommt logo ins Paradies. Und da haben die Typen von der Elbchaussee sich vorgestellt, daß der Lütte die Olle mitnimmt... daß die Engel, die da selektieren, wer in die Hölle kommt, daß die vielleicht glauben, die Olle ist seine Oma oder was, weil sie ihn ja im Arm hat. Und wer will schon Enkel und Oma auseinanderreißen?«
»Ganz schöner Beschiß«, sag ich.
Ich muß mir das immer plastisch vorstelln, wie das so gelaufen ist.
Wie der Neffe vonne Olle durch das Gängeviertel tigert und de Leute fragt, ob da nicht irgendwo wieder son Baby an' Abkratzen ist.
»Nicht daß ich wüßte«, sagt da so'n Gängeviertel-Flunki, »aber warten Sie mal, in' Kornträgergang, da war doch sowas... oder nee... in' Großen Trampgang... oder war das in' Rademachergang?«
»Wo denn nun?« fragt der Neffe und wird allmählich ungeduldig.

Aber in der Zeit, wo der Flunki noch überlegt, ist seine Alte schon bei de Nachbarn aufgekreuzt:
»Hört mal zu, da ist wieder so'n Pfeffersack unterwegs... Euer Wilhelm ist doch gestern... Habt Ihr schon 'n Grab für ihn?«
Die Eltern schütteln mitten Kopp und fangen an zu weinen.
»Ich seh schon«, sagt die Alte von den Flunki, »ihr seid jetzt nicht inne richtige Verfassung... Wenn ihr wollt, mach ich das klar für euch.«
Die Eltern schluchzen und nicken.
Die Alte schiebt sie inne Wohnung rein und wartet vor de Haustür auf den vornehm' Herrn.
»Entschuldigen Sie bitte...«, sagt der Pfeffersack, »aber ich wollte mal fragen, ich meine, vielleicht ist es möglich...«
»Sie suchen 'n totes Kind?«
»Ja... ich... äh... ja! Haben Sie eins?«
»Tut mir leid«, sagt de Alte, »daß ich Ihn' nicht helfen kann, aber in' Moment sieht das ganz schlecht aus inne Gegend... vor alln Ding' auch deshalb, weil de Stadt neuerdings Beerdigungszuschüsse für Minderbemittelte zahlt.«
»Ich würd auch einen kleinen... auch einen Zuschuß...«
»Wieviel?«
»Na, so hm... äh... zehn Mark würd ich...«
»Nee!«
»Aber die Stadt zahlt bestimmt nicht mehr!«
»Stimmt! Aber das ist 'n richtiges eigenes Begräbnis mit Sarg...«
»Hören Sie auf! Den Sarg kenne ich, der hat unten eine Klappe, wo die Leiche herausfällt, und dann wird er hochgezogen und wiederverwendet!«
»Das ist egal, ob er bein Einbuddeln drinbleibt oder nicht! Bei de Feier liegt der Tote jedenfalls die ganze Zeit drin! Und der Name wird auch genannt! Und der Name vonne Eltern und was die sich für Mühe gegebn habn, daß der Lütte an' Leben bleibt! Und bei Ihre Begräbnisse: nix! Die Verwandten vonne Lütten dürfen nichtmal dabeisein! Müssen von weiten zugukken!«
»Ja, äh, das war eben immer so... aber ich würde dann auch 50 Mark...«
»70!«

»Das ist ja unverschämt! Das hab ich nicht nötig! Was Sie hier betreiben, ist ja Ausbeutung! Da geh ich nach Wilhelmsburg...«
»In Wilhelmsburg gibt das neuerdings ne Trinkwasserleitung! Da ist für Sie nix mehr zu holn!«
»Gut, bleibt noch Altona!«
»Mottenburg? Mitte Schwindsüchtigen? Da sind Sie erst recht in' Hintern gebissen, weil da jeder Tote sofort vonne Ärzte aufgekauft wird... für Forschungszwecke...«
»Ich würd dann wohl auch 70.-...«
»Na schön, wie das Leben so spielt, hab ich da vielleicht doch was für Sie... seien Sie froh, wir solln hier nämlich auch ne Wasserleitung kriegn. Denn ist das nämlich zappenduster für tote alte Fraun.«
»Ja, der Fortschritt...«, sagt der Neffe vonne tote Olle, zieht de Brieftasche ausse Jackentasche und denkt: 'Wie herzlos diese Leute aus dem Gängeviertel sind!'

Die Grenzen von' guten Geschmack

Der Fischer sagt, das kommt heute auch noch vor, daß da zwei Tote in ein' Sarg liegen, aber das läuft total anders als damals bei de toten Pösel-Tanten. Wenn zun Beipsiel so'n richtiger Top-Typ aus Politik oder Wirtschaft... da streng' sich de Ärzte natürlich wahnsinnig an, daß sie ihn noch möglichst lange unter Dampf halten. Mindestens 50 Weißkittel tanzen Tag und Nacht um sein' verchromten Untersatz rum, haun ihn Spritzen inne Weichteile, knalln ihn zwei bis siebzehn Schläuche inne Körperöffnung', und an jede freie Stelle von sein' Körper klebt 'n elektronischer Apparat. Und wenn er schließlich doch den letzten Furz rausläßt, denn sieht er so versaut aus von all de medizinische Hilfen, daß man ihn bein besten Willen nicht mehr inne Öffentlichkeit in' aufgebahrten Zustand vorführn kann. Da wirft auch de beste Leichenkosmetik das Handtuch. Ja, und in so'n Sarg, der schon in' Krankenhaus zugeschraubt wird, damit jeder den Toten so in Erinnerung behält, wie er ihn gekannt hat, als er noch an' Leben war... aber ist besser, ich wart noch 'n bischen mitte Pointe... Jedenfalls, habn sich de reichen Familien in unse Stadt schon über gewundert, daß manchmal, wenn sie ein' von ihre Angehörigen zur letzten Ruhe... denn warn manchmal Punks dabei. So richtig die vollgeiln Hafenstraßen-Mozzis. Mit rostige Sicherheitsnadeln inne Oberlippe, mit ausse Ven' hängende Spritzen, Ratte auffe Schulter, mit allen, was dazugehört. Aber habn sich benomm'... also, das gibt das gar nicht! Warn nichtmal besoffen! Und bei den ein' toten General, da habn sie sogar ruhig und ordentlich gewartet, bis de Soldaten ihrn Großen Zapfenstreich abgedödelt hatten, und denn sind erst die PISSED BOYS gekomm' und habn da sonne Art Blues gebracht, der auf jeden Fall geiler war als die Nummer vonne Kollegen in Feldgrau. Und nach den Salut vonne Barras-Typen habn sie denn zehn Mollies übers Grab geschmissen, was auch 'n total steilen Eindruck gemacht hat.

Und bei den toten Glühbirnen-Fabrikanten habn über 100 Schrotties ihre Wunderkerzen geschwenkt, so daß inne BILD gestanden hat, daß auch inne verfaultste Flunkies aussen Schanzenviertel noch sonne Art Gewissen schlummert, was sie dazu treibt, daß sie de Leistungsträger aus unse Gesellschaft respektiern, wenn auch erst an ihrn Grabe, aber man soll sogar bei diese junge Menschen de Hoffnung nicht ganz aufgeben.

Und inne MORGENPOST stand, daß der Glühbirnenfritze bestimmt ein Mäzen gewesen ist, und was Reemtsma öffentlich macht, hat er geheim, und das ist nu der Dank.

Wie gesagt, komisch war das schon! Und zun Schluß habn de Schicki-Mickis das schon erwartet... oder warn sauer, wenn da keine Punks auf ihre Beerdigung' warn. Und eine Firma hat schon nachgemachte Leih-Punks angeboten, die man mieten konnte.

Und denn ist das rausgekomm': bei eine Leiche hat nämlich mit den Totenschein was nicht gestimmt, und ist der Sarg wieder aufgemacht worden. Aber statts de junge Frau, die mit ihre Bleistiftabsätze in sonne Rolltreppe hängengeblieben ist und denn regelrecht... die Treppe hat ja nicht angehalten... jedenfalls lag da noch ein toten Fixer mit bei, den seine Freunde einfach... und hinterher hatten sie den Deckel sorgfältig wieder raufgeschraubt. Naja, das wär alles zu verkraften gewesen, und der STERN hatte schon ne große Serie vorbereitet über diesen SOZIALISMUS, wo reiche Leute sogar ihre letzte Ruhestätte mit bedürftige Mitmenschen teilen, aber denn platzte de Serie doch auf, weil: in mehrere Fälle warn vonne Flunkies echt de Grenzen von' guten Geschmack überschritten worden, weil: hatten sie zun Beispiel bei zwei Patrizier ihre toten Lieblingsratten mit reingelegt.

Das Organisatorische

Mitte Witwe von den Laubharkerkollegen Wurch hab ich das mal durchgezogen.
De Bestattungsfirm' habn ja wohl rund um de Uhr geöffnet.
War schon ziemlich spät, als wir da aufgekreuzt sind.
Klar, der alte Geier in sein' schwarzen Anzug, der uns begrüßt hat, hat ein' auf Säusel gemacht. Daß das Gott sein Ratschluß ist, und wir solln erstmal Platz nehm', und ob wir ne Tasse Kaffee wolln. Und denn hat er den Kaffee geholt und gleichzeitig 'n meterdicken Stapel Papiere.
Sollte de Frau Wurch alle unterschreiben.
»Wir regeln dann alles für Sie«, sagt der Säusel-August, »Trauernde sind dazu erfahrungsgemäß nicht in der Lage.«
Und ich hab gedacht:
'Klar, die unterschreiben das in ihrn Zustand. Und werden denn von diese Aasgeier total gefleddert.'
»Und dann kreuzen Sie an, welchen Service Sie wünschen. Ich habe eine Liste mit Details. Ich rate Ihnen aber zu dem gebündelten Angebot 'Exquisit'. Darin ist alles enthalten. Und zwar in der besten Qualität.«
»Wir wolln uns de Sachen lieber mal ansehn«, sag ich.
Der Geier pliert, als wenn er ne Mücke ins Auge gekriegt hat.
»Und wer sind Sie?« fragt er.
»Das tut nix zur Sache. Auf jeden Fall bin ich derjenige, der Ihrn Servіß mal 'n bischen genauer unter de Lupe nehm' will.«

Bei den Makeup fing das an:
»'Superstyling' wird fast immer geordert«, sagt der Geier.
»Was ist denn da drin?« frag ich.
»Wangen auspolstern, differenzierte kosmetische Behandlung, auf Wunsch wird ein Lächeln geformt, Haarfärben...«
»Und was ist de preiswerteste Behandlung?«
»Da wird bloß gepudert.«
»Nehm' wir.«
»Sie wollen also wirklich nur unser Standard-Angebot?« fragt der Geier de Trauernde.
Und die nickt.
Nu krieg ich aber Oberwasser.
»Was ist mitte Leichenhemden?« frag ich.
»Die gibt es in Seide, in Baumwolle, beides sehr körperfreundliche und atmungsaktive Stoffe, von Hand gebügelt. Sie können sie aber auch in einem sehr preiswerten Mischgewebe...«
»Und was ist das hier unter a)?«
»Papier.«
Gerade will ich »nehm' wir« sagen, da sagt meine Begleitung:
»Er hat doch so viel eigene Oberhemden, da könnten wir diese Ausgabe doch sparn!«
»Und der Blumenschmuck?« Der Geier ist nu schon richtig maulig.
»Wird vonne Trauergäste mitgebracht!« sag ich.
»Ich meine den Schmuck in der Kapelle, wo die Leiche aufgebahrt ist... vor der Bestattung!«
»Schön... nehm' wir.«
»Soll das ein Arrangement sein, das wiederverwendet wird, oder wollen Sie ein eigenes, das dann bei dem Sarg bleibt?«
»Er war sein Leben lang gegen Blumen allergisch. Hatte Heuschnupfen...«, sagt Frau Wurch.
»Denn eins, das wiederverwendet wird«, sag ich.
»Und Musik?«
»Was haben Sie denn da?«
»Chor mit Solisten. Solist allein. Chor allein. Instrumental-Gruppe...«
»Und das, was an preiswertesten ist?«
»Ich verstehe: Harmoniumspiel.«

»Hört sich auch prima an.«
»Und paßt gut zu seinem bescheidenen Wesen«, sagt Frau Wurch, »und dann kommt ja auch die Kapelle der Freiwilligen Feuerwehr. Da war er zwanzig Jahre lang Mitglied. Da werden die doch die Kapelle schicken.«
Wo man schon sehn kann: diese Organisations-Sachen helfen doch ganz schön mit, daß de Hinterbliebenen über den ersten Schmerz wegkomm'.
Sie hat mich denn noch zu sich eingeladen. Zun Abendbrot. Wir warn uns ja auch ganz schön nähergekomm' durch das Organisatorische.
Leider stand vor ihre Haustür ein Kusäng von ihr.
Und wie der mich angeglotzt hat!
Als wär ich so'n abgebrühten Witwentröster! Klar, hab ich mich verabschiedet. Ich laß mich doch nicht so anglotzen! Dabei soll der sich mal anne eigene Nase fassen, der Saukerl!

Trauerfeier Wurch

Bei de Beerdigung Wurch war ich denn doch.
Richtig als Gast.
Hab ich mir extra freigenomm'. Eigentlich Quatsch, weil ich ja auch so alles mitgekriegt hätte, wenn ich mit meine Fächerharke da inne Nähe rumgekratzt hätte. Aber ich wollt auch mal richtig in' Anzug. Nicht als Einemarkfuffzigflunki in meine versiffte Windjacke.
Und denn kommt man als Trauergast ja doch mehr rein in sonne Feier.
Wenn du so'n bischen weiter wegstehst, hörst du zun Beispiel bloß sonne Art Flüstern.
'Vielleicht sind das so halblaute Gebete', denkst du, 'oder sie seufzen oder sind Typen mitten Raucherkatarrh.'
Aber wenn du zwischen de Leute stehst, hörst das: se lesen de Nam' auffe Kranzschleifen:
»Ach, der und der hat auch 'n Kranz geschickt! Kriegt wohl noch Geld vonne Witwe.« Oder:
»Und der ist bloß mitten schetterigen Gesteck angetanzt.

Da hast den Beweis, was das für ne Freundschaft war!«
Die Trauergäste sind dauernd an' Rechnen und Zählen.
»Der Witwe sind mindestens ne Viertelstunde lang de dicken Trän' das Gesicht runter. Da kann man mal sehn, was an den Gequatsche dran war, daß das inne Ehe nicht gestimmt hat.«
»De eigene Mutter hat nicht geweint. De Geschwister auch nicht. Die solln von Anfang an was gegen de Heirat gehabt habn!«
Und den Pastor kontrolliern sie auch:
»Schule, Lehrzeit, Militär und Geschäftsgründung ist erwähnt worden. Aber vonne überstandene Krankheiten: kein Wort! Und auch nix davon, wie lange er inne Freiwillige Feuerwehr gewesen ist. Und dabei habn de Kameraden in Uniform dabeigestanden. Ziemlich peinlich!«
»Dabei soll der Pastor vier Briefbögen mit Notizen vollgeschrieben habn. Ich mein, was soll das, wenn er hinterher doch bloß das Allernötigste erwähnt.«
Wenn zun Schluß de Erde nachgeworfen wird und man ganz dicht an das Grab ran muß, nutzen de meisten Trauergäste das aus, um de Kranzschleifen abzutesten.
»Ach, auch bloß Papier!«
»Sieht aber aus wie Seide!«
»Ist Papier! Ging ganz leicht kaputtzureißen!«
Und denn kommt Stimmung auf, weil: der erste Vorsitzende von' Kegelverein und der Oberwehrführer vonne Feuerwehr dräng' zu gleiche Zeit nachen offenen Grab hin. Jeder will den Toten ein paar passende Abschiedsworte nachrufen. Sie stoßen sich beinahe inne Kuhle rein, aber denn setzt sich der Herr von' Kegelverein durch mit seine stattliche Figur. Aber der Oberwehrführer hat de kräftigere Stimme und ruft:
»Und deshalb rufe ich dir, lieber Kamerad Wurch, zu, eh du vor den großen Löschmeister trittst: Wasser marsch... äh... nein, möge deine Seele leicht wie Rauch nach oben steigen in die Stätte, wo das kein' Brand mehr gibt!«
Hat er doch schön gesagt.
Alles räuspert sich.
So laut, daß keiner mehr mitkriegt, wie der von' Kegelverein sagt:
»Nu kannst du kein' Pudel mehr werfen, lieber Kegelbruder...«
Das mitte Seele als Rauch hat mir besser gefalln.

Diskaunt

Heute vormittag ist hier mal wieder der Proppen rausgeknallt! Dabei lief das zuerst ganz normal ab: Predigt, Händeschütteln, in' Arm nehm'. Und denn sollte der Sarg runtergelassen werden. Da müssen natürlich de Kränze weg. Die komm' denn später auffen Grabhügel. Jedenfalls, de Träger-Gäng läßt den Kasten an so'n Seil nach unten, und mitmal schreit der Haupt-Leidtragende:
»Moment mal eben! Augenblick! Ziehen Sie den Sarg bitte wieder hoch!«
»Wieso das denn?« fragt einer vonne Träger, weil: Wiederhochziehn ist nicht mit drin in ihrn Servíß und ist ne Sonderleistung.
»Bitte hochziehn!« schreit der Leidtragende.
De Träger knurrn: »Wir sind doch keine Fahrstuhlführer mit Hochrunter, Hochrunter!«
Aber denn machen se das doch.
Und denn sagt der Haupt-Leidtragende: »Tut mir leid, aber das ist nicht unser Sarg.«
»Ist das nicht Trauerfall Hornemann?« mischt sich nu auch der Pope ein und schiebt sein' Hals aussen Talar.
»Es ist nicht mein Sarg!« sagt der Haupt-Leidtragende, »diesen Sarg kenne ich nicht!«
»Wir können ja mal nachgucken, wenn wir ihn aufmachen«, sagt nu 'n jungen Mann.
Aber nu ist de Schlepp-Gäng sauer:
»Der ist zugeschraubt, und 'n Schraubenzieher habn wir nicht mit, weil wir auf sowas nicht eingerichtet sind. Außerdem liegt in drei Minuten der nächste Fall an.«
Der Haupt-Leidtragende hat 'n knallroten Döz.
»Dieser Sarg kommt mir nicht in die Erde!« kläfft er.
Macht de ganze Stimmung kaputt.
Wein' tut jetzt sowieso keiner mehr.
Und denn rufen se den Beerdigungsfritzen an.
Eh der mit seine Taxe kommt, verdünnisiern sich de Träger, und paar vonne Trauergemeinde schieben auch ab, weil se noch Termine habn. Bloß noch so'n harter Kern ist da. Wolln nicht

auffe anschließende Kaffeetafel verzichten. Der Pope muß auch dableiben, weil er ja noch sein' Schlußsegen ablassen muß, und der geht bloß, wenn de Erde auffen Sargdeckel poltert. Zieht aber ne dicke Flappe und guckt dauernd auf seine Armbanduhr. Als der Beerdigungsfritze denn endlich angeglitscht kommt, schreit er schon aus 50 Meter Entfernung:
»Das ist schon in Ordnung! Ihr Onkel liegt drin... wie ich schon am Telefon gesagt habe.«
»Aber das ist nicht der richtige Sarg!«
»Natürlich ist er das! Fichte furniert!«
»Ich habe doch selbst einen mitgebracht!«
»Achso, nein, in unserem Gesamt-Arrangement ist natürlich unser Sarg enthalten. Sie können Ihren... Behälter wieder abholen. Er steht in unserem Lagerraum.«
»Es war abgemacht, daß der Sarg aus Ihrer Leistung herausfällt.«
»Mein Herr, wenn Sie schon beim Sarg-Diskaunt kaufen, dann informieren Sie sich bitte vorher, was in *unserem* Angebot enthalten ist. Sie haben außerdem *unterschrieben*, daß Sie unser Gesamt-Arrangement wahrnehmen. Haben Sie das Kleingedruckte denn nicht gelesen?«
»Aber Sie haben selber...«
»Mündliche Absprachen sind ungültig! Sie haben unterschrieben!«
»Was soll ich denn mit der Kiste?« schreit der Haupt-Leidtragende und springt den Beerdigungsfritzen anne Gurgel, als der:
»Annoncieren Sie doch in einem Anzeigeblatt!«
An diese Stelle mischt sich nu der Pope ein, der de ganze Zeit von ein' Fuß auffen andern getreten ist in seine Nervosität:
»Warum wollen Sie die Zeremonie zerreißen?«
Der Haupt-Leidtragende läßt den Beerdigungsfritzen wieder los: »Will ich doch gar nicht.«
»Aber wenn Sie den zentralen Punkt herauslösen, den die letzte Wohnstätte nun mal darstellt, dann...«, sülzt der Pastor.
»Dann können Sie den Toten ja auch selber betten!« sagt der Beerdigungsfritze, der jetzt wieder Luft kriegt, »aber allein das Händefalten, das kriegt ein Laie *nie* hin! Und wenn Sie schon mit einem Diskaunt-Sarg unter dem Arm ankommen, dann wollen Sie nächstens auch die Predigt selber...«

»Hab ich mir doch gedacht, daß Sie alle unter einer Decke stekken!« bölkt der Haupt-Leidtragende.
»Das verbitte ich mir!« geht der Pastor ab. Aber jetzt kommt der Rest vonne Trauergemeinde auf Trab.
»Was ist denn nun?« fragt 'n Herr mitten Kopp wie'n Landwirtschaftsminister, »wird der Sarg nun runtergelassen oder was? Ich hab nämlich noch 'n Termin.«
Und 'n ganz dünnen Kerl, bei den der Adamsapfel doppelt so dick wie der Kopp ist:
»Ich find das unwürdig! Unwürdig find ich das!«
Und denn sagt einer zu den Haupt-Leidtragenden:
»Weißt du was: ich nehm den Diskaunt-Kasten!«
Den fällt de Kinnlade auffen Bauch:
»Aber du hast doch gar nicht die Maße...«, und guckt den, der den Sarg kaufen will, von oben bis unten an: »Vielleicht paßt er gar nicht.«
»Ach was, ich will ihn ja nicht für mich, bloß für die Kellerbar. Weil: ist 'n Wahnsinns-Gäg, 'n Sarg als Bierkiste.«

Kulturkampf

Wo das natürlich auch Trabbel mit gibt bei Trauerfeiern... vonwegen de verschiedenen Gruppierung', die an den Festakt teilnehm', das ist nicht nur, wenn der Tote seine politische Einstellung gewechselt hat. Kulturelle Unterschiede machen ebensoviel Qualm!
Wie bei de Feier Rademacher.
Das war ein Trödelmops oder, wie das inne Zeitung' vornehm gestanden hat, 'n Antiquitätenhändler, der sich mit wurmstichigen Plunder dumm und dämlich verdient hat.
Und als ihn de Ärzte denn eines Tages: daß er höchstens noch 'n Jahr lang de Leute bescheißen kann wegen seine Tochtergeschwülste, da ist er inne Kirche eingetreten. Die Popen habn sich schon de Schweißflossen gerieben, weil se auf ne Million'-Spende gegeiert habn. Aber er hat ihn' was geflötet. Er hat nämlich das meiste von seine Knete abgehoben und damit in

so'n vornehm' englischen Auktionshaus 'n Bild von ein gewissen Vangoch für gekauft.
Für über 50 Million' Mäuse!
Dabei warn da bloß 'n paar halbverwelkte Sonn'blum' auf. Hat das Bild denn in ein' gepanzerten Flugzeug nach Hamburg bring' lassen. Und von Flugzeug aus mitten Panzerfahrzeug inne Wohnung. Wollte das Bild ganz für sich allein habn.
Naja, paar Tage später geht er übern Flohmarkt und sieht genau dasselbe Bild nochmal. Steht zwischen ein' angelaufenen Fußball-Pokal und 'n paar Steinmännchen. Das hat sein Herz nicht mehr mitgemacht.
Ach so, und was noch gesagt werden muß über ihn: er war treu.
Seine Partei.
Sein' Steuerberater.
Seine Geliebte.
Und für seine Ehefrau hat er auch ein Leben lang gesorgt.
Und nu kommt der Klops: de Ehefrau wollte ihn noch mal so richtig was gönn' an Kunstgenuß und hat für de Trauerfeier Freddy Quinn engagiert, der in Begleitung von unsen Hamburger Sinfonieorchester das AVE MARIA über sein Grab rübersing' sollte. Freddy macht sowas, wenn du ihn de richtige Zahl an braune Scheine auffe Kralle blätterst.
Den ehemaligen Herr Scheel kannst du auch anheuern. Den kriegst du schon für de Hälfte von Freddy seine Gage. Aber den Herr Scheel sein Gesicht paßt nicht für Beerdigung'. Weil er dauernd grinst.
Wie gesagt, Freddy nähert sich grade de höchste Töne von seine Arie, da kommt da ne zweite Gruppe angesockt.
Und ist Udo Lindenberg mit sein' PANIK-ORCHESTER. Der macht sowas schon länger. Eigentlich macht er inne letzte Jahre bloß noch Beerdigungs-Mucken.
Und ist vonne Geliebte von den Toten angeheuert worden.
Wie gesagt: jede Gruppe ist von ein' liebenden Herzen gebongt worden, und jede Gruppe ist ehrgeizig. Will sich auch nicht lumpen lassen. Und legt sich wahnsinnig inne Riemen. Zun Schluß hat Udo mit seine Männer sich doch durchgesezt. Trotz seine Raucherlunge. Weil: in sonne Jobs hat er einfach mehr an Träning drauf

Und de Typen von' Sinfonie-Orchester, die sonst immer so vornehm tun in ihre dunkle Klamotten, die habn sich benomm', dagegen sind die Hafenstraßen-Flunkis de reinste Heilsarmee. Und de PANIK-Leute mit ihre Waldhörner und Posaun' über die Köppe haun war noch das Harmloseste. Das Schlimmste warn ja ihre Ausdrücke! Da ist sogar Udo, der sich ja auskennt in Släng, total vonne Socken gewesen.
Für de Trauergäste — de meisten warn ja ausse Trödel-Brangsche — war diesen Kulturkampf natürlich ein starkes Erlebnis. Denn de Gruppen habn ihr Bestes gegeben... weil: Konkurrenz steigert ja de Leistung.

Diplom Funeralist

Wenn du so richtig sahnig quatschen kannst, hast du ausgesorgt. Guck dir doch mal die Beutel an, die hier in Ohlsdorf die Grabreden halten für die Typen, die nicht inne Kirche sind! 'n feierlichen Spietsch wolln die Verwandten nämlich trotzdem, und die Popen tippen sich an' Kopp, wenn man das offiziell von ihn' verlangt. Wenn du ihnen nicht mindestens 50 Jahre lang Kirchensteuer in' Rachen geschoben hast, läuft bei ihnen nix. Und da springen denn die Nichtkonfessionellen ein. Du, und die bringen das! Fast alle warn mal Lehrer, habn dann gesoffen oder ihre Schülerinn' unter de Slips gegriffen. Als Pharma-Referenten — wie sich de Arzneimittelvertreter heute nenn' — warn sie zu alt, und so sind sie in Ohlsdorf gelandet und ziehn an' Tag manchmal bis zu 20 Beerdigung' ab.
Neuerdings gibt das diese Tätigkeit ja als richtigen Beruf mit Ausbildung und dicken Diplom. Arbeitet mitte Beerdigungsinstitute zusamm'.
Die Herrn von St. Anschar kenn ich alle. Einer von ihn', so'n ältern kompleten, kommt gestern auf mich zu:
»Wollen Sie sich 20 Mark verdienen?«
»Warum nicht?« sag ich.
Und er: seine Firma ist inne schreckliche Bredulljе, weil: für ein' Kunden kriegen se kein' nichtkonfessionellen Prediger.
»Fürn Fuffi macht das jeder Pastor ausser de Reihe«, sag ich,

»und legt sich genauso ins Zeug. Bloß daß er kein' Talar anhat und man bloß 'n schwarzen Anzug.«
»Bei diesem Kunden beißt kein Pastor an«, sagt der Herr von St. Anschar und stöhnt. Und erzählt mir, daß der Tote der 1. Vorsitzende von so'n Atheistenverein gewesen ist. Und hat sein ganzes Leben dafür gekämpft, daß der Staat nicht mehr für de Kirche de Steuern eintreibt.
Klar, da hätt ich mir als Paster auch kein' Spietsch abgenudelt an den sein Sarg!
Na, und de nichtkonfessionellen Geräuschmacher warn alle besetzt.
Und ich: »Warum erzähln Sie mir das? Soll *ich* mir da vielleicht ein' abkaspern?«
»Nein«, sagt der Typ, »das nicht. Ich will mir doch keine Schadensersatzklage einhandeln, weil sich ein paar Typen bei Ihrer Ansprache totgelacht haben.«
Und denn kommt er damit raus: ich soll zu den Institut SANKTORATOR, das ist ne Spezialschule für nichtkonfessionelle Beerdigungsredner. Die habn nämlich heute zufällig ihre Diplomprüfung. Und ein' von diese Typen soll ich abfang', wenn se rauskomm' aus ihre mündliche Prüfung, und soll ihn gleich hierher abschleppen. Zun Begräbnis Steiner. Ewald Steiner, 14 Uhr, Kapelle 5. Da kann er denn gleich in das Arbeitsleben einsteigen.
Vonne Theorie inne Praxis.
»Aber er hat doch gar keine Unterlagen über den Toten!« sag ich.
»Ein Diplom Funeralist bringt das auch ohne Unterlagen.«
Diplom Funeralisten heißen de Typen also, wenn se ihrn Abschluß bei den Institut SANKTORATOR gemacht habn.
Das Institut liegt inne Topp-Gegend. Wo sonst bloß noch Unternehmensberater oder Spitzen-Moddels ihre Büros habn.
Und drinn': Marmor auffen Fußboden, Stuck anne Decke.
Hinter ein' vonne Edelholztürn hör ich Stimm'.
Ich, frech wie Norbert, Tür auf. Und platz natürlich grade in sonne Prüfung rein. Hinter so ein' bischen erhöhten Tisch sitzen drei Herrn und pliern über ihre Halbbrilln.
Vor den Tisch steht ein jung' Mann.
Der Prüfling.

Der mittlere vonne drei Herrn guckt mich an und ruft:
»Ach, der Herr von der Schulaufsichtsbehörde! Nehmen Sie doch Platz!« Und zeigt auffen Stuhl.
Hält mich fürn Beamten!
Ich pflanz mich hin, und de Prüfung läuft weiter.
Der Herr inne Mitte ist derjenige welcher. De andern schreiben bloß mit, sind wohl sonne Art Beisitzer oder wie das heißt.
»Was tun Sie«, fragt der Prüfer, »wenn bloß ein Trauergast da ist, und zwar ein weiblicher. Und dieser Trauergast ist von Ihrer Rede derart ergriffen, daß er ohnmächtig wird und auf den Boden sinkt?«
»Auf keinen Fall Mund-zu-Mund-Beatmung, weil: körperlicher Kontakt mit Trauergästen ist mir nach §42a/I und §19y/II der F.O. verboten.«
»Und wenn der weibliche Trauergast blau anläuft?«
»Auch dann nicht.«
»Gut. Aber Sie können die Person doch nicht so liegenlassen! Die erstickt Ihnen doch!«
»Wenn ein Telefon in der Nähe ist, dann rufe ich...«
»Es ist kein Telefon in der Nähe!«
»Dann... dann knie ich an der Seite der ohnmächtigen Person nieder und... und stoße einige laute Rufe aus... oder singe. Daß die Person wieder zu sich kommt.«
»Angenommen, die Person ist schon älter und sehr schwerhörig, eigentlich schon stocktaub, was machen Sie dann?«
»Ich... ich suche nach einer Stechpalme, pflücke einen Zweig ab, ziehe der ohnmächtigen Person einen Schuh aus, lege den Stechpalmenzweig in den Schuh, ziehe der Person den Schuh wieder an...«
»Gut, gut.«
Der Prüfer denkt 'n Augenblick nach, und denn fällt ihn noch was ein.
»Stellen Sie sich vor«, sagt er zu den blassen jungen Mann, »Sie halten eine wunderschöne Trauerrede mit vielen Details, aber keiner der Trauergäste weint laut. Sie legen sich noch mehr ins Zeug, aber noch immer keine Reaktion. Nicht das kleinste Schluchzen...«
»Sind die Leute vielleicht Ausländer?« fragt der Prüfling.

Der Prüfer guckt ihn an, wie ne Klapperschlange ne Wüstenspringmaus anguckt, und sagt:
»Nein, es sind keine Ausländer. Aber der Hauptleidtragende — ein weißhaariger Herr — kommt zu Ihnen und sagt: 'Sie müssen da was verwechselt haben. Wir heißen nämlich Kohlschmidt und nicht Rittmeyer, wie Sie immer gesagt haben, und keiner der Fakten traf auf unsre Mutter zu. Sie war weder Hauptmann der Reserve noch Ober-Wehrführer irgendeiner freiwilligen Feuerwehr. Sie müssen da was verwechselt haben. Wir haben Sie bloß aus Höflichkeit nicht unterbrochen, aber peinlich war es schon. Und dem Ruf unserer toten Mutter ist es auch nicht unbedingt dienlich. Wo die sich doch Tag und Nacht für ihre Familie aufgeopfert hat in der Küche. Und Sie erzähln da was von irgendwelchen militärischen Einsätzen.'«
»Was ich in so einem Fall tue?«
»Ja!«
Der Prüfer ruckt mit sein' Kopp so weit nach vorne, als ob er den jung' Mann 'n BARMBECKER KUSS verpassen will.
»In so einem Fall sage ich: '*Sie* scheinen etwas durcheinander zu sein, Frau Rittmeyer, aber das ist zu verstehen... der Schock... Auf keinen Fall darf ich auf die Beanstandungen des Kunden eingehen. Wenn man ruhig und selbstbewußt bei seiner Version bleibt, gibt der Kunde erfahrungsgemäß nach, wie Ratzer in seiner Abhandlung im 'Funeral' Nr.24, Jahrgang 76, S. 76ff. darlegt.«
»Bestanden!« knurrt der Prüfer und reicht den jungen Mann de Urkunde rüber. Und den sein Gesicht springt nu von Gelb auf Rot... echt wie ne Verkehrsampel.
Und ich eier auf ihn zu und servier ihn sein' ersten Job.

Razionalisierung

Ist das bei de Bevölkerung bekannt, daß ahnungslose Mieter von ein' Urn'stellplatz dermaßen übern Tisch gezogen werden, daß..? Jedenfalls, kommt da ne trauernde Witwe zu den Urn'stellplatz, wo ihr Mann in einen Meter Tiefe und in Form von ein

halbes Pfund Asche in ein vornehm bronzierten Gefäß liegt, das so aussieht wie der Dävis-Pokal.
Kommt hin und will 'n Rosenstrauß auf sein' Stellplatz legen, weil: er ist ja erst paar Wochen tot, und sie vermißt ihn noch ziemlich stark, besonders, wenn de Kartoffeln aussen Keller geholt werden müssen.
Wie gesagt, kommt hin, und da liegt da schon 'n Strauß. Sie klappert mitte Augendeckel und kneift sich inne Backe, aber der Strauß liegt noch immer da. Auch Rosen. Und sie kriegt 'n wahnsinnigen Rochus auf den Abgenippelten.
'Ist der also doch fremdgegang', dieser verfluchte Käsemarder!' denkt sie, will ihrn Rosenstrauß schon in den nächsten Abfallkorb und den andern natürlich auch, aber vorher will se das Gemüse noch'n bischen breittrampeln. Und in diesen Moment kreuzt da ne andere Alte auf und guckt sie an, als wenn se ihr in jedes Ohr ne Lipptick-Patrone drücken will, bis das nicht mehr weitergeht. Und beide Fraun sagen:
»Was wollen *Sie* denn hier bei mein' Mann?«
Jedenfalls, ist auf diese Weise rausgekomm', daß auf jeden Urn'platz *zwei* Urn' stehn.
Übernander!
Klar, *überall* wird razionalisiert! Warum soll man vorhandene Kapazitäten nicht nutzen? Und darum hab ich mich auch gar nicht gewundert, als Knax vor paar Tage zu mir kommt und sagt:
»Ist dir gar nix aufgefalln inne letzte Zeit?«
»Was soll mir aufgefalln sein?«
»Na, bei de Zeremonien inne letzte Zeit, du Mottenkopp!«
»Daß de Predigten immer kürzer werden?«
»Ach was, ich mein, daß se zun gleichen Termin immer ein' männlichen und ein' weiblichen Trauerfall abspuln.«
»Zufall.«
»Nix Zufall!«
»Und warum, glaubst du, machen se das?«
»Na, weil viele Beerdigungsunternehmer: habn zugleich 'n Partnervermittlungsdienst oder 'n Eheanbahnungsinstitut. Und wenn de Kunden de Punkte vonne Servißß-Liste ankreuzen, denn ist da auch ne Frage: 'Wünschen Sie, nach angemessener

Trauerzeit, eine neue Partnerschaft einzugehen?' Und wenn der Witwer oder die Witwe bei diese Frage 'n 'Ja' hinschreibt oder de 'Ja'-Spalte ankreuzt, was natürlich mit ein' ziemlichen Kostenaufschlag gekoppelt ist, denn kommt der Beerdigungsfritze *sofort* inne Puschen. Indem er nämlich de beiden Leidtragenden auffen schnellsten Wege zusamm'bringt. Und das passiert gleich bein Kaffeetrinken nach de Beerdigung, wo beide Trauergesellschaften zun gleichen Termin ihre Feier abziehn.«
»Jetzt schnall ich das! Da habn beide Leidtragende ja gleich 'n Gesprächsthema. Zun Beispiel: wie das bei den eben Beerdigten zu Ende gegang' ist... was das für ne Belastung war inne letzte Zeit mitte ewigen Krankenhausbesuche... daß das Leben aber doch weitergehn muß... und wie lange man wohl braucht, um sich da an zu gewöhn', daß de eine Hälfte von den Doppelbett neben ein' leer ist.«
»Du bist ja richtig 'n Schneller Brüter, weißt du das?« sagt Knax.
Und ich bin schon an Überlegen, wie man da noch 'n Vertrag fürn Umzug mit reinschieben kann. Denn wenn de Leidtragenden heiraten, ziehn se meistens in *eine* Wohnung... Klar, Wohnungsvermittlung liegt denn ja auch noch drin!

Bärwald hört was

Dieser alte Bärwald, ich weiß nicht, wenn man sich den anguckt, der sieht doch aus wie mindestens 70. Weiß ich nicht, warum se uns vonne Verwaltung aus noch sonne ollen Knacker auffen Hals schicken, daß der uns hier de Arbeit wegnimmt! Lepelmann findet das auch. Und er hat gehört, wie de Tipsen da in' Büro rumgeflüstert habn... Jedenfalls, hat er gehört, daß der Bärwald, das ist nämlich gar keiner vonne normaln Dauerarbeitslosen oder ein vonne Nichtseßhaften, die langsam wieder an ein normales Leben rangeführt werden solln, nee, Bärwald soll aus Ochsenzoll komm'.
Weißt Bescheid, nicht?
Da sind doch diese... naja, Bekloppte oder Verrückte kannst eigentlich nicht sagen, sind ja auch Menschen. Und der eine

bricht sich 'n Bein, und der andere sieht mitmal überall faustgroße rote Spinn' rumkrabbeln oder glaubt, daß Jesus ihn was inne Ohrn flüstert.
Muß ja nicht gleich einer sein, der Leute umbringt und anschließend zerstückelt!
De meisten merkst das gar nicht an. Die sind ganz normal. Oder ihre Krankheit ist abgeklung'. Das heißt: bei viele geht das nie ganz weg. Das lauert inn' in' Utnergrund. Und irgend ne Kleinigkeit lockt das denn wieder raus.
Vielleicht 'n andern Wahnsinnigen. Der steckt ihn denn wieder an. Wie bei de Alkoholiker. Wenn da einer sein' Schub kriegt, da macht er de trockene Kollegen auch wieder verrückt. Ist sein ganzen Ehrgeiz.
Ich weiß ja nicht, was der Bärwald hat. Er selber sagt nix, und vonne Inspektion aus sagen se auch nix! Ich mein, das ist doch verdächtig!
Klar, die wolln uns nicht beunruhigen: 'n Wahnsinnigen als Arbeitskollege, da kommt bestimmt kein dolles Betriebsklima auf. Aber wenn nix gesagt wird, geht ein' de Fantasie doch erst recht durch! Na schön, unsozial will man nicht sein. Und wenn man vorsichtig ist... und freundlich, denn hat er ja kein' Grund, ich mein, denn *kann* eigentlich nix passiern, daß das wieder losgeht bei ihn.
Der Bärwald selber ist genauso vorsichtig... Knapp, daß er Gutn Tag sagt, das ist denn schon alles. Ist immer für sich. Und wenn Knax oder Lepelmann oder ich in seine Nähe komm', haut er ab. Vielleicht hat er Angst vor sich selber... daß der Wahnsinn mitmal in ihn hochkommt.
Nach ner Zeit war aber klar: ist harmlos. Wenn man inne neue Umgebung kommt, ist das ganz natürlich, daß man sich nicht so aufdrängt. Wenn ich ihn gesehn hab, hab ich ihn immer ganz freundlich zugenickt.
Und er hat zurückgenickt.
Und denn steht er ein' schön' Tag neben mir und sagt:
»Ich heiß Ernst Bärwald.« Und ich sag:
»Ich bin Putzi. Und Sie könn' mich ruhig duzen.«
»Ich heiß Ernst«, sagt er.
»Eigentlich müßten wir ja jetzt mit irgendwas anstoßen«, sag ich.

»Ach«, sagt er, »ich darf kein' Alkohol.
»Was mitte Leber?«
»Nee, das nicht, aber verträgt sich nicht mitte Medikamente, die ich nehm' muß.« Und denn holt er tief Luft und sagt: »Ich bin nämlich krank.«
»Ja?«
Und er: »Was Psychisches.«
»Und da dürfen Sie einfach so... ich mein, da lassen se dich so einfach frei?«
»Was sich de Menschen so vorstelln, daß man gewalttätig wird, das stimmt ja nicht...«
»So?« sag ich.
»Meistens ist das so, daß man, wie soll ich das sagen, daß man nix mehr auffe Reihe kriegt.«
Und ich denk: 'Der will dich beruhigen!'
Klar, daß 'n Kranker nix mehr auffe Reihe kriegt, ist ja nicht weiter schlimm. Normale kriegen auch nicht alles auffe Reihe. Bläckauts gibt das bis inne höchste Regierungsspitzen rein. Und so kleinere Ausfälle... so kleine psychische Störungen, das macht doch auch nix.
Aber so *schwere* Ausfälle!
Das zieht sensible Menschen... gefährdete Menschen mit rein! Entweder sie werden umgebracht von' Kranken oder *angesteckt*. Oder daß alles wieder hochkommt. In den Film SCHEINING wollte der Kranke seine nächsten Angehörigen umbring'. Habn se in den Film gezeigt, wie sonne Familie in son riesigen einsamen Hotel einhüten mußte: Vater, Mutter, Sohn. Der Vater war Schriftsteller. Die sind ja auch gefährdet, weil: Schenie und Wahnsinn liegen oft dicht beinander. Jedenfalls, ob das der Einfluß von den Hotel war — da war nämlich mal 'n schrecklicher Mord passiert, daß 'n Hausmeister ohne Grund seine beiden Kinder umgebracht hat — oder ob sich in den Gehirn von den Mann was verändert hat, jedenfalls sieht man, wie er in irrsinnige Verbissenheit auf seine Schreibmaschine rumhämmert, Tag und Nacht, aber denn blendet de Kamera auf das beschriebene Papier, und ist zu sehn, daß das bloß immer ein Satz ist! Bloß ein Satz:

'Was du heute kannst besorgen,
das verschiebe nicht auf morgen!'

Und das war das Zeichen, daß er schon 'n Nagel in' Gehirn stecken hatte. Und seine Blicke! Mann! Und denn langt er sich mitmal de Axt und holt aus, weil er sein' klein' Sohn den Kopp abhacken will.

Den eigenen Kind!

Und daß er immer diesen Satz geschrieben hat, da wollte er sich wohl an festhalten, oder er wollte sich damit ablenken, daß er sich nicht de Axt greift, also, son bischen was Normales war noch in ihn, aber dieser Wahnsinn war stärker...

»Sie... äh... du sagst ja nix«, fängt Bärwald wieder an.

»Ach, ich...«

»Vielleicht kannst du dir das gar nicht vorstelln, aber man hat da so Gedanken, so Vorstellung', die andere Leute nicht haben.«

Mir fällt ein, daß der wahnsinnige Vater in SCHEINING, der ist von den Hotel angesteckt worden. Weil da früher furchtbare Sachen passiert warn. Und de Todesschreie vonne Opfer klebten noch anne Wände... und de böse Gedanken vonne Mörder schwebten noch inne Räume... Hat er denn wohl eingeatmet.

»Doch, kann ich mir vorstelln«, sag ich.

Er nickt: »Stimmt. Auf unsere Abteilung war so'n Typ, der hat geglaubt, er wär der amerikanische Präsident. Die Amerikaner habn ihn grade frisch gewählt. Und er fährt an' Morgen nache Wahl mit sein' Wagen durch diese berühmte Straße mitte Wolkenkratzer rechts und links, wo immer diese Konfetti-Paraden sind. Und er sollte auch sonne Konfetti-Parade kriegen. Er fährt also rein in diese Straße, und aus Tausende von Fenster fliegen de Konfetti. Alles bunte Punkte, die um ihn rumwirbeln. Tonn'weise Konfetti. Er sieht bloß noch Konfetti. Und der Wagen fährt und fährt da durch. Stundenlang. Und denn fragt er den Fahrer: 'Wann hört das endlich auf mitte Konfettiwerferei?' Und der Fahrer sagt: 'Ich versteh nicht, wir fahrn doch schon paar Stunden auffen Heiwäi, und die Luft ist so klar, wie sie bloß sein kann.' Er hat aber bloß Konfetti gesehn. Und das ist schlimmer, als wenn man blind ist. Lieber nix sehn, als dies Gewirbel...«

»Ist ja schrecklich«, sag ich und hab mitmal 'n wahnsinnigen Druck auffe Brust.
Er guckt über mich weg.
»Bei einige kommt das ganz aufmal«, sagt er, »bei mir nicht... bei mir war das eigentlich schon immer... schon als Kind.«
»Als Kind hab ich mir immer eingebildet, da hätt sich 'n Einbrecher unter mein' Bett versteckt«, sag ich.
»Ja, und bei mir... wenn meine Eltern und ich spazierngegang' sind, denn warn da oft Telegrafenmasten anne Straße... und die haben so Töne von sich gegeben... gesung'...«
»Kenn ich...«
»Und ich hab mir eingebildet, das ist ne ganz bestimmte Melodie, und wer die rauskriegt und singt, der kann sich unsichtbar machen. Bei Rechenarbeiten inne Schule zun Beispiel... ich war nicht gut in Rechnen.«
»Und wenn man sich sowas vorstellt, denn ist man...?« frag ich und krieg man knapp de Wörter raus.
»Nicht, wenn man sich sowas vorstellt, aber wenn man de Vorstellung' nicht loswird.«
»Und was... ich mein, was stelln Sie... entschuldige, ich rutsch da immer wieder rein, was... ich mein...«
»Was ich jetzt für Vorstellung' hab?«
»Naja...«
»Jetzt krieg ich Medikamente.«
»Und daß du dir was einbildest, das ist ganz und gar weg?«
»In unse W.G.«, sagt er, »da ist son Typ, der hat noch Vorstellung', aber er kommt damit klar. Er behält sie für sich. Sicher, uns erzählt er das, aber die andern geht das nix an... Er hat übrigens auch auffen Friedhof gearbeitet ne Zeitlang.«
»Hier bei uns?«
»Nee, in... warte mal... bischen außerhalb von Hamburg... Pinneberg, glaub ich, ja, Pinneberg.«
»Und was hat er da für Vorstellung' gehabt?«
»Er hat... er hat Stimm' gehört...«
»Ja, das soll öfter mal vorkomm'...«
»Stimm'«, sagt der Bärwald und kommt so nah an mich ran, daß ich sein' Mundgeruch mitkrieg.
Kommt wohl vonne Medikamente, daß er diesen komischen

Mundgeruch hat. Riecht nach Chemie... nach diese Unkrautmittel, die se früher bei uns hatten.
»Stimm'. Ja, zuerst haben sie bloß so gesummt, so gesung'... wie de Telegrafenmasten. Aber denn sind se immer deutlicher geworden. Sind immer näher rangekomm'.«
»Was warn denn das für Stimm'?«
»Ausse Gräber! Die kam' ausse Gräber! Darum warn sie auch so hoch... so unnatürlich.«
»Und was habn die Simm' gesagt?«
»Daß man lesen soll, was auffe Grabsteine steht. Name. Geburts- und Sterbedatum. Hauptsächlich aber den Nam'.«
»Und warum soll man das lesen? Ist doch Quatsch!«
»So?« sagt Bärwald, »Sie finden, daß das Quatsch ist?«
»Wir warn doch bein Du.«
»Ach ja, entschuldigen Sie... entschuldige! Ich find aber nicht, daß das Quatsch ist. Auf diese Weise denkt man doch an den Toten. Wenn man sein' Nam' sagt, denkt man doch an ihn. Und wenn man an ihn denkt, denn ist er da. Denn lebt er doch weiter!«
»Ja«, sag ich, »ich glaub, wir stehn hier schon ne ganze Zeit rum. Wenn die vonne Inspektion uns hier so rumstehn sehn... und daß wir sabbeln, da kriegen wir gewaltig ein' auffen Dekkel.«

Was mit den Roten Zar passiert ist

Mitte andern Kollegen ist der olle Bärwald ja noch nicht so warm geworden. Mit mir ja. Lepelmann ärgert mich schon immer: »Gleich und gleich gesellt sich gern!«
Na schön, vielleicht spinnt der Bärwald ja tatsächlich 'n bischen, wenn er glaubt, er kann de Stimm' vonne Toten ausse Gräber hörn. Aber vielleicht gibt das tatsächlich sowas... da habn de größten Dichter und Wissenschaftler dicke Bücher über... Und wenn ich daran denk, was hier manchmal für Typen aufkreuzen, die normal sein wolln, und denn stelln sie sich hin und fang' an, frisch Beerdigte von' Tode aufzuwecken! Die habn doch 'n größern Sparren als Bärwald!

Bärwald ist nämlich gar nicht so dumm! Sein Hobby ist zun Beispiel Geschichte. Und da hab ich auch ne Antenne für. Zun Beispiel 'Der Graf von Monte Christo' ist 'n Geschichts-Stoff, da kenn ich alle Verfilmung' von! Aber gegen Bärwald komm ich nicht an. Der muß ja unheimlich viel Bücher gelesen habn. Hat er mir zun Beispiel von Lenin erzählt, den sie den ROTEN ZAR genannt habn. Weil: er hat das kommunistische Rußland gegründet. Vorher habn seine Leute de richtige Zarenfamilie erschossen, bis auf eine Tochter, Anastasia, die ist denn unter de Leichen von ihre Angehörige rausgekrochen — gibt das 'n halbes Dutzend Filme über — kenn ich auch alle.
Wie gesagt, der Lenin hat da hintergesteckt. Aber lange hat er nicht gutgehabt von seine Herrschaft über Rußland. Weil er nämlich gestorben ist. Und seine Beerdigung, also, das kann man sich gar nicht vorstelln, wieviel Menschen mitgegang' sind! Kann natürlich auch sein, daß sie vonne Partei aus dazu gezwung' warn. Ja, und hinterher habn se ihn nicht beerdigt, sondern habn ihn einbalsamiert und so'n richtiges Mausoleum für ihn gebaut und ihn da ausgestellt auffen Roten Platz. Und Tag für Tag steht ne Riesenmenschenschlange vor den Mausoleum, die den toten Lenin sehn will, wie er so daliegt. Bis heute ist de Schlange nicht abgerissen. Und das Mausoleum hat von morgens um acht Uhr bis abends 20 Uhr geöffnet. Das muß man sich mal vorstelln, wie viele Million' schon an ihrn toten Führer vorbeigelaufen sind!
Jedenfalls, sagt Bärwald, schon ein Jahr nachn Tode von Lenin fing das an. Zuerst war da bloß diesen Geruch. Wie nach Schweißfüße... so'n bischen süßlich. Die Mausoleums-Wärter sind da natürlich gegenan: mit Desinfektionsmittel und Raumspray, danach mit Parfümzerstäuber. Hat aber nix genützt. Und ging von den toten Lenin aus. Daß das mitte Einbalsamierung nicht so richtig... Das mitten Geruch wär ja zu verkraften gewesen, aber auch das Gesicht von Lenin... also, ging regelrecht inne Breite. Zuerst sah das aus, als ob er grinst... sich amüsiert über all de Blödlinge, die da Tag für Tag an ihn vorbeitrotten, aber denn fing sein Mund an aufzureißen, und ein Augapfel mußte sogar mit ne Stecknadel festgepiekt werden, weil er sonst aus seine Höhle rausgerollt wär.

Die Einbalsamierer hatten also 100%ig versagt!
Oder de Zutaten, was man zun Einbalsamieren braucht, warn nur III. Wahl gewesen, oder hatte man se vonne kapitalistische Staaten aus mit angeschissen.
Oder war ein zaristischer Saboteur in' Einbalsamierer-Team gewesen.
Jedenfalls, Tag und Nacht habn de besten Fachleute versucht, Lenin wieder hinzubiegen, aber hat alles nix gebracht.
Weil nu so'n Staat in seine Aufbauphase aber 'n totes Idol braucht, wo sich de Bevölkerung an aufrichten kann, hat sonne Spezialabteilung Tag für Tag de russischen Krankenhäuser durchgekämmt, und wenn einer vonne Kranken ne Ähnlichkeit mit den toten Lenin hatte, denn habn sie gewartet, bis der... oder auch schon mal 'n bischen nachgeholfen, und habn se nachts de Toten ausgetauscht.
Das ist nämlich der Grund, warum ein Dichter gesagt hat, daß der Tote jeden Tag anders aussieht, mal dicker, mal dünner, mal jünger, mal älter, und sein Gesicht ist das Gesicht von alle russische Menschen... oder so ähnlich.
Aber allmählich fingen de Leute an, komische Gerüchte inne Welt zu setzen, und das hieß, daß der Tote sogar noch nach sein' Ableben sein Volk auffrißt. Und nu kommt eines Tages zu den Künstler, der de Figurn in unsen Hamburger Panoptikum macht — aus Wachs, glaub ich — ein Herr in ein' dicken Pelz und bietet 100 000.—, wenn er dafür ein' formbeständigen Lenin kriegt.
»Und seit diese Zeit liegt 'n Wachs-Lenin in die ihrn Mausoleum«, sagt Bärwald.
»Und wo ist der richtige? Ich mein...«
»Der echte Lenin und seine menschliche Nachfolger liegen alle hier in Ohlsdorf.«
»Glaub ich nicht!«
»Wenn ich dir das sag!«
»Und woher weißt du das?«
»Weil der deutsche Kommunist, der damals die Verhandlung' mitten Panoptikums-Künstler geführt hat, mein Vater war.«
»Du spinnst, Bärwald!«
»Er ist später an vergiftete Rote-Beete-Suppe gestorben, weil

Stalin den lästigen Mitwisser loswerden wollte. Aber davor hat er alles meine Mutter erzählt.«
»Und wo liegt Lenin?«
»Er und de Ersatz-Lenins, die liegen alle... Nee, ich darf dir das nicht sagen. Auffe Grabsteine stehn natürlich andere Nam', aber auf jeden Grabstein ist 'n gemeinsames Zeichen. Daran kann man sehn, daß da...«
»Na, ihr beiden, seid ihr da wieder an Rumspinn'?«
Lepelmann!
Schleicht sich ran, das alte Arschloch, und platzt mal wieder in' ungünstigsten Augenblick inne Unterhaltung rein!
Bärwald kriegt 'n Schreck und haut sofort ab, Richtung Kapelle vier.
»Laß dich bloß nicht anstecken von den Bekloppten! Sowas steckt nämlich an!«
»Denn seh man zu, daß du dich nicht ansteckst!«
»Ich wollt dich bloß warn', Putzi!«
Sonne Arschgeige!
Nächsten Tag ist Bärwald nicht gekomm'.
Die Tage danach auch nicht.
»Ist wieder zun Ausbruch gekomm', seine Krankheit«, erzähln sie inne Verwaltung.
Vielleicht war das ja alles gesponn' mitte Lenin-Gräber. Vielleicht... und wenn nicht?
Vielleicht hat der Bärwald mich schon angesteckt!
Ach was, ich bin o.k.
Ist auch nie wieder was gewesen seit damals!

Allergie

Wenn du als Ausländer in Ohlsdorf anfang' willst, landest du immer bei unse Laubharker-Kolonne. Gestern kam hier wieder so'n Ali an. Sagt ziemlich freundlich Gutn Tag. Ich mach ihn noch klar, daß er sich hier nicht totmachen muß, und da seh ich das: er trägt Handschuhe!
Mitten in' Sommer!

»Willst du dir de Flossen nicht schietig machen oder was?« frag ich. Und er:
»Nein, krank... sehr krank.«
Und denn fragt er, ob ich ihn nicht 'n Gefalln tun kann und mit ihn zun Arzt gehn, weil: er packt das mitte Sprache nicht so richtig ab. Und bevor er de richtigen Wörter für seine Fragen zusamm'gestoppelt hat, hat ihn der Medizinmann schon längst wieder auffen Flur rausgeschoben.
Naja, ich bin kein Unmensch, und mit ihn hin zu den Kurpfuscher. Der hatte sein' Bau irgendwo in' Schanzenviertel. In' ersten Stock. Unten war 'n Imbiß mit Fladenbrot und Döner, und überall ausse offene Fenster diese Musik mit Gesänge, als ob den Sänger ganz langsam der Nerv aussen Backenzahn gezogen wird. Das Wartezimmer war so voll, daß nicht bloß de Stühle besetzt warn. De Leute standen sogar noch in' Flur. Fast alles Ausländer. De meisten sah man an, wo sie malochten: die vonne Lackierereien hatten 'n Zaziki-Teint mit senfgelbe Augäpfel, die bei jeden Hustananfall fast fünf Zentimeter ausse Höhln sprang' und denn vonne gummibandartige Sehnerven wieder zurückgezogen wurden. Die vonne Pressereien und Stanzereien hatten nur noch vereinzelt ihre Fingerkuppen, und die Sägewerks-Typen hatten — fast alle — nichts mehr, wo sie ihrn Ehering raufschieben könnten.
'Da warten wir ja ne Ewigkeit!' denk ich noch, aber denn ging das doch ruckizucki. Schon nach 20 Minuten warn wir dran. Der Medizinmann kannte den Ali wohl schon.
»Warum haben Sie die Handschuhe denn noch nicht aus?« schnauzt er gleich los. Und mich kläfft er an:
»Wer sind Sie denn?« Und eh ich überhaupt antworten kann:
»Das sag ich Ihnen gleich, so Typen vom Sozialamt oder von so einer Ausländerinitiative kommen hier gar nicht erst rein!«
»Bin bloß 'n Arbeitskollege.«
»Na schön, dann bleiben Sie, aber halten Sie die Klappe!«
Ali hat inzwischen de Handschuh ab. Und ich schluck erstmal trocken runter. Die Hände... nee, Hände sind das eigentlich gar nicht mehr, eher ne Art Skelett. Haut und Fleisch sind so zusamm'getrocknet, daß man jeden einzelnen Knochen sehn kann. Die Adern sind wie schwarze Zwirnsfäden.

»Achdudicketante!« sag ich.
Der Medizinmann guckt mich an:
»Haben Sie was gesagt?«
»Nee, ich... nee.«
»Das wollt ich Ihnen auch geraten haben. Wenn ich etwas hasse, dann sind das irgendwelche Kommentare von medizinischen Laien.«
»Schon gut«, sag ich.
Aber nu fängt Ali an:
»Das ist... mit Hände, wo ich gar kein Gefühl hab... seit Arbeit in diese Fabrik... wo wir Zettel unterschrieben haben, daß wir nix sagen, wo gearbeitet. Und habn gekriegt Prämie von 500 Mark. Und für Busfahrt hin nach Fabrik und zurück nach Hamburg auch nix bezahlt. Und mußten wir in silberne Schutzanzüge kriechen und kriegten auch Schutzmasken und Schutzhandschuhe. Und mußten wir Staubsaugen Halle mit lauter Tafeln an Wand voller Knöpfe, die immer rot geleuchtet habn. Für eine Stunde Staubsaugen 500.- Bloß an meine Handschuhe Löcher. Nähte kaputt. Und am nächsten Tag: Finger weiß... Blut raus. Und Fleisch hart wie Plastik und kein Gefühl... wie tot... Kann ich auf heiße Herdplatte fassen und merk nicht, wenn verbrennt...«
»Gut, gut«, sagt der Onkel Doktor und muß lachen.
»Wollen Sie nicht Hände untersuchen?« fragt Ali.
»Tut nicht nötig, ziehn Sie die Handschuhe man wieder an!«
»Wirklich nicht untersuchen?« Er streckt den Medimann de Griffel hin. Der hängt sich hinter sein' Schreibtisch.
»Ziehen Sie die Handschuhe an!« blafft er.
»Und was ist das für Krankheit? Oder ist Gift gekomm' durch Löcher in Schutzhandschuh?«
»Die Phantasie von den Brüdern da unten möcht ich haben!« lacht der Arzt, und denn: »Haben Sie vielleicht ne Katze?«
»Ich? Katze?«
»Ja?«
»Nix Katze... ist auch verboten von Hausmeister.«
»Hat irgendjemand aus Ihrer Verwandtschaft ne Katze?«
»Auch nicht, überall verboten...«

»Dann ist es keine Katzenhaar-Allergie. Aber 'n Wellensittich haben Sie vielleicht?«
»Nein, aber Loch in Handschuhe. Wo Loch war, fing das zuerst an mit Haut...«
»Haben Sie nun einen Wellensittich oder nicht?«
»Nein.«
»Einen Kanarienvogel?«
»Auch nicht...«
»Hat vielleicht einer von Ihren Verwandten oder Freunden...?«
»Ja, Vetter von mir hat Kanari...«
»Alles klar«, grinst der Arzt, »hab ich mir doch gleich gedacht: Kanarienvogelfeder-Allergie, ganz eindeutig.«
»Hab aber Vetter seit ein Jahr nicht besucht.«
»Egal, die Symptome sind eindeutig.«
»Aber Schutzhandschuhe...«
»Hören Sie mal« — der Weißkittel kommt hinter sein' Schreibtisch hoch: »Wer ist denn nun der Arzt: Sie oder ich? Wenn Sie alles so genau wissen, weshalb kommen Sie dann in meine Sprechstunde?«
»Aber, Herr Doktor, Sie...«, sag ich, aber da kommt er schon auf mich zu.
»Das ist doch die älteste Masche von diesen Brüdern«, sagt er leise, »Schadenersatzansprüche konstruieren...«
»Aber«, hol ich wieder Luft. Aber schon kreischt er mich zu Boden: »Knete abzocken! Pinke melken! Vom Staat! Von der Wirtschaft! Und uns Ärzten mutet man zu, sowas auch noch abzusegnen!«
»Aber Sie haben seine Hand ja gar nicht untersucht!« sag ich.
»Die schlimmsten Finger sind nämlich die Deutschen, die sowas unterstützen«, faucht der Arzt, »wissen Sie, daß man Sie deshalb anzeigen könnte? Daß man Sie wegen Beihilfe rankriegen könnte?«
Mann, bin ich froh, daß wir da ohne Malesche wieder rausgekomm' sind! Und vielleicht hilft die Salbe gegen Vogelfeder-Allergie ja auch DAGEGEN.
Und noch was: wer sich als Ali für 'n Studen-Stausauge-Job 500 Piepen auffe Kralle blättern läßt, weiß auch, daß 'n Risiko drin liegt und kann hinterher nicht den ahnungslosen Engel spieln!

Veilchen-Walter stürzt ab

Dahinten bei de Bäume, die hohen mein ich — sind das Ulmen? Ich weiß nicht — da steht dieser rote Stein. Marmor? Weiß ich nicht, ich denk, Marmor ist schwarz oder weiß. Meine Cousine Eva ist jedenfalls mal mit so'n Frisierschrank angeschissen worden. Die Platte von den sollte echt Marmor sein, wollte der Verkäufer sogar ne Garantie drauf geben. Und Eva freut sich, denn das ganze Ding sollte bloß 135.- kosten, aber denn war das doch Preßstein... auf Marmor gequält. Und hat sie gemerkt, weil ihr mal ne Flasche 4711 umgekippt ist. Da hat das Parfüm de Marmorierung weggeätzt.
Na schön, ein roter Grabstein, eher schon ein Grabmal.
'Hier ruht Prof. Dr. Werner Duff, geb. 18.10.1936, gest. 2.9.1988'
Hat nicht mal seine Pensionierung erlebt. Ja, und vor den roten Grabmal steht ne junge Frau, ganz in schwarz, und heult. Nicht laut, daß sie da beispielsweise ein' wegröhrt, daß de Dohlen vor Schreck gegen de Krema-Wand fliegen, nee, eigentlich zucken bloß ihre Schultern so'n bischen. So vornehm ist die! Auf sowas hat natürlich Veilchen-Walter gewartet. Walter soll vor ungefähr 150 Jahren mal so ausgesehen habn wie der Filmschauspieler Rudolfo Valentino. Jetzt sieht er eher aus wie der Klomann von' Hauptbahnhof. Außerdem hat er sonne richtige Anreißerstimme. Klebrig wie 'n alter Leimfliegenfänger. Er macht aber noch immer sein' Job, wenn seine Abschußquoten auch nicht sehr hoch sind.
»Oh, gnädige Frau«, legt er den ersten Schleimfaden ein, »das ist gewiß Ihr Gatte, um den Sie so heftig trauern?«
Die junge Frau nickt.
Veilchen-Walter sieht aus, als hätt er auf 'n Nagel gebissen. Die meisten Frauen giften ihn nämlich unheimlich an, wenn er sie anseift. So in der Art: »Drehen Sie gefälligst Ihre unsympathische Fresse in eine andere Windrichtung!« oder: »Stören Sie mich nicht!«
Was sagt diese Frau?
»Es ist«, sagt sie, »schön, in so einem schmerzvollen Augenblick eine teilnehmende menschliche Stimme zu hören.«

Veilchen-Walter läuft der Sabber nur so das Kinn runter. Er glitscht noch näher anne Frau ran, hat ihr schon, zack, den Arm umme Schulter gewickelt und legt noch 'n Zahn zu:
»Auch ich hab meine geliebte Frau verloren. Zuerst glaubt man, den Verlust nicht ertragen zu können, wenn man dann aber auf Menschen trifft, die in derselben Lage sind, hilft es einem.«
Die Frau nickt.
»Dann ist es so, als wenn man in einen dunklen Spiegel blickt«, flötet Veilchen-Walter. Das hat er mal irgendwo gelesen, und es hat ihn ziemlich beeindruckt. Jetzt läßt er es ab, und die Frau guckt ihn mit großen dunklen Augen an. Walter ärgert sich, daß er die zwei vereiterten Mitesser an seiner Nase nicht ausgedrückt hat heute morgen. So Mitesser können ein' das ganze Geschäft versaun. Und hoffentlich kriegt sie nicht mir, daß er sein Oberhemd schon den dritten Tag trägt. Gleichzeitig aber kommt das Kribbeln in ihn hoch, das ein Pokerspieler hat, vor er sein Wahnsinns-Blatt auffen Tisch legt. Zu oft ist er von trauernde Witwen in' Arsch getreten worden, jeder normale Flunki hätte diesen Job längst geschmissen und irgendwelchen Alten ambulant original biologische Antiverkalkungspräparate aufs Auge gedrückt, aber ne innere Stimme hatte ihn zugeflüstert: »Versuch's nochmal, nur noch diesmal, dann hast du's gepackt! Hau dich nochmal ran! Bloß dies eine Mal noch!«
Und jetzt, ahnt er, steht er dicht vorn Abschuß. Ihn tanzen diverse Elfenreigen vor de Augen.
»Ist Ihnen nicht gut?« fragt die Dame mit ner Stimme, die so dick mit Einfühlungsbutter belegt ist, daß Walter vor Schreck sauer aufstößt.
'Die ist es!' knallt ihn das durche Birne, während er säuselt: »Es geht schon wieder.«
Und denn ist da mitmal dieses Jucken hinter seine Ohren:
'Los, Spiel die höchste Karte aus! Wag's! Du schaffst es!'
»Sie sehen so traurig aus«, sagt die Frau.
»Ja«, nimmt Walter den Anlauf, »mag sein, und das kommt daher, weil ich ganz schnell... äh... 2 000.- brauch, weil... sonst komme ich nicht an die Erbschaft heran, die...«
»2 000.-«, sagt die Frau, »die könnte ich Ihnen leihen.«
'Fragt nicht, wozu ich die Kröten brauch', hämmert das Wal-

ters graue Zelln platt, 'will nichts wissen, will aber de Knete sofort rausrücken!'
»Ich fahre sofort zu meiner Bank«, hört er die Dame.
Geschafft!
Der Anlauf hat's gebracht!
Walter fliegt! Segelt durch rosarote Wolken!
»Sie warten hier!«, dringt die Stimme wieder durch zu ihn, »ich nehme schnell ein Taxi!«
Rascheln. Sie wühlt in ihrer klein' schwarzen Handtasche rum: »Ogott, mein Portemonnaie... ich hab's... ich muß es zu Hause...«
»Warten Sie...«, schon grabbelt Walter seine Klamotten durch, fischt zwei Heiermänner ausse Hosentaschen, noch'n paar Silberlinge aussen Jackenfutter, 'n Zehni zieht er ausse Brieftasche, das ist seine 'eiserne Ration', das total letzte Sicherungsseil. Er zieht also den Zehni, der anne Pik-As-Wochenkarte geklammert ist, inne kalte Luft:
»Hier...«
Die Dame greift sich de 25 Piepen und zittert ab. Nach ner Stunde fängt das an zu nieseln. Nach noch ner Stunde kommt der Typ vonne Friedhofsverwaltung und pupt ihn an, daß er de Kurve kratzen soll, weil in zehn Minuten die Anlage geschlossen wird. Ich nehm ihn bein Arm, zieh ihn mit, sag, daß ich 'n Schiefen für ihn ausgeben will. Er reagiert gar nicht.

Der Tausender

Weiß ich noch: Trauerfeier Jentsch.
Die Rede hat Pastor Leberle gehalten. Bischen drög wie immer. Aber der Witwer war sowas von weg, das hab ich noch nicht erlebt! Als der Sarg runtergelassen wurde und de Trauergemeinde wie wild an' Erdenachwerfen war, da hat sich der Witwer heulend auffen Sarg schmeißen wolln. Vier Leute habn ihn zurückhalten müssen, und beinah hätt er das doch geschafft. Und bloß, weil einer vonne Trauergäste ihn inne Eier getreten hat, hat er das denn doch nicht. Er ist zusamm'geklappt wie 'n Regenschirm und hat bloß so vor sich hingeheult.

Inzwischen wurde denn das Grab zugebaggert, de Kränze obenaufgelegt. Und als de trauernde Gesellschaft schon längst bei Kaffee und Kuchen saß und sich nochmal in alle Ruhe das letzte Krankheitsstadium vonne Tote ausmalte, hockte er noch immer bei de Kränze und war an' Schluchzen. Ich denn hin und:

»Hören Sie mal, die Zeremonie ist ja nu vorbei... da könn' Sie hier nicht so einfach... und denn müssen Sie sich auch klarmachen: das Leben geht weiter.« Diese Trost-Sprüche, nicht? Aber er hat bloß mitten Kopp gewackelt und hat weitergeheult. 'Verdammt hartnäckiger Kunde!', denk ich noch, weil ich auch anfang' wollte, den zertrampelten Weg um das Grab rum zu harken. Hab denn *noch* zehn Minuten gewartet, aber das wurde nicht besser mit ihn.

»Sie habn doch nu Ihre schöne Feier gehabt«, fang ich wieder an, jetzt aber bischen energischer, »warum machen Sie jetzt nicht endlich Schluß?«

Er reagiert gar nicht.

»Ich find«, sag ich, »daß Sie allmählich anfang' zu übertreiben. Außerdem störn Sie de andern Feiern.«

Er legt noch 'n Zahn drauf.

»Und was ich Ihn' noch sagen will: wissen Sie, daß das strafbar ist, wenn man hier ruhestörenden Lärm...? Und was Sie hier jetzt von sich geben, das *ist* ruhestörender Lärm!«

Da ist er still. Nimmt sein' Kopp hoch und glotztt mich an. Seine Augäpfel sind so rot, als wenn er vier Tage und Nächte durchgesoffen hätte. Und denn sagt er:

»Ich hab sie geliebt. Sie war mein Ein und Alles.«

»Das versteh ich ja«, sag ich, »aber nu trinken Sie erstmal ein' und legen sich denn zu Bett. Und an nächsten Morgen, das werden Sie sehn, sieht die Welt wieder ganz anders aus.«

»Nein«, sagt er, »jetzt, wo sie tot ist, hat das Leben für mich überhaupt keinen Sinn mehr.«

Und denn langt er inne Hosentasche und zieht 'n Tausender raus. In Ernst!

Und den Schein drückt er mir inne Hand und sagt:

»Geld hat für mich überhaupt keinen Wert mehr. Was soll ich mit dem Geld, wo *sie* nicht mehr da ist.«

'Mann!' denk ich, 'der meint das tatsächlich ernst mit seine Show!'
Auffe ganze Fahrt mitte U-Bahn nach Hause war ich total aufgewühlt.
'Das muß ne Liebe gewesen sein!' denk ich de ganze Zeit, 'verschenkt 'n Tausender! Ich werd nicht wieder!'
Und da komm ich erst dahinter, was man als Mensch für tiefe Gefühle habn kann. Bei VON' WINDE VERWEHT hab ich damals auch geheult wie'n Schloßhund. Und bei CASABLANCA. Aber da nicht mehr ganz so... Jedenfalls, dies hier, die Trauer von den Jentsch, das ist doch sowas von... da gibt das gar keine Worte für! Dagegen ist VON' WINDE VERWEHT 'n Pups!
Aber ehrlich!
Und denn stell ich mir vor, ich wär der Jentsch und hätte meine *große Liebe verloren.*
Als ich soweit bin mit mein' Gedanken, kommt auch schon die Station Rödingsmarkt, wo man aussteigen muß, wenn man nache Rehhoffstraße will. Und ich dackel wie wild nach Hause, weil ich mich auf mein' Zimmer ausheuln will.
Außerdem ist Heuln gut fürn Kreislauf.
Und fürn Täng! Hab ich neulich mal gelesen inne Büchermappe von mein' Zahnarzt.
Das mitten Heuln hat hingehaun.
Ich bin da richtig gut reingekomm'. Und als ich in' Spiegel guck: wie Humpy in CASABLANCA: bleiche, edle Züge... *in tiefes Leid getaucht.*
Abends bin ich denn inne WIENER MARIE gegang'.
Kennst du vielleicht auch? Überall dies Weinlaub und de rustikale Holztische. Personal: in Tracht. Und diese original Wiener Musik. 'Schrammel' heißt die, glaub ich. Oft sind da auch Zigeunergeiger mit ihre langgezogene Töne. Und denn werfen sie ihre Haartolle immer so nach hinten bein Spieln. Das ist die Leidenschaft, wo sie alles um sich rum vergessen! Vorne anne Theke gibt das denn Krautsalat, Rettichsalat, Wurstsalat, Spießbraten, frischen Leberkäse, Knödel in süß und sauer. Kann man sich selber sein Menü zusamm'stelln. Und fünf verschiedene Sorten Österreichischen Wein bieten sie an: von ganz

lieblich bis total sauer. Das Wichtigste ist aber, daß durch diese gemütliche Atmosfäre de Dam'welt angelockt wird. Singelvereine gehn hier auch her. Reifere Jugend. Und jeder zweite Tanz ist Dam'wahl. Und de Dam' habn alle hochtupierte Frisurn, wie sie ganz früher Mode warn.

Ich geh also anne Theke, hol mir ein Krautsalat mit Speck, Stück Brot dazu und 200g Spießbraten — das wird ja alles genau abgewogen und nach Gewicht bezahlt — setz mich an ein' Tisch, und vorne geigt da so'n Zigeuner-Primasch dies 'Rosemarie, Rosemarie, sieben Jahre mein Herz nach dir schrie', und war... um das mal dichterisch zu sagen, als ob das Blut ausse Geige quillt oder... wollnmasagen... ganze Blutströme.

Und denn seh ich, wie ne Dame mir gegenüber Platz nimmt. Hat auch Krautsalat auffen Teller, auch Speißbraten, bischen mehr als ich, wohl so um de 300 g. Und denn nimmt sie ne Gabel voll Salat, guckt mich bein Kaun an und sagt:

»Sie sehn so traurig aus.«

Und ich:

»Ich hab heute meine große Liebe zu Grabe getragen. Jetzt ist die Welt für mich leer.«

»Ach, so leer ist sie doch gar nicht«, sagt sie mit ne ganz sanfte Stimme und schneidet sich 'n Stück von' Braten ab, »hier ist das zun Beispiel ganz schön voll.«

»Das Leben hat für mich quasi kein' Sinn mehr«, sag ich.

Und sie:

»Sie dürfen die Hoffnung nicht aufgeben! Eines Tages kommt auch für Sie wieder...«

»Wofür«, sag ich und räusper mich dabei, »wofür arbeit ich beispielsweise! Könn' Sie mir das mal sagen? Wofür raff ich das Geld zusamm', könn' Sie mir das mal sagen? Das ist doch alles so sinnlos...«

»Ich heiß Helga Frühtau«, sagt sie.

»Mein Name ist Jentsch«, sag ich, zieh den Tausender ausse Tasche, schwenk ihn so'n bischen traurig hin und her und sag:

»Ich werd mal für de Kapelle ne Runde Enzian schmeißen... haben Sie musikmäßig ein' besondern Wunsch?«

»Ach ja, dies 'Rosemarie' find ich schön.«

»Ich auch«, sag ich. Und in diesen Moment ist das wirklich so, wie

soll ich sagen, kennst du die Stelle in CASABLANCA, wo Humpy zu Ingrid Bergmann sagt: 'Schau mir in die Augen, Kleines'?
»Herr Jentsch«, sagt Fräulein Helga und legt ihr Besteck hin. Aber in den Moment poltert da ne saugrobe Stimme los:
»Herr Jentsch? *Wer* ist hier Herr Jentsch? Hat hier jemand Herr Jentsch gesagt? Wer soll das sein, der Herr Jentsch?«
Tatsächlich: der Typ mit seine große Liebe!
Aber jetzt mit ne knallrote Schwellbirne. Und sein Brägen schwimmt in mindestens 20 Enziane.
»Dies ist Herr Jentsch...«, sagt Fräulein Helga leise. Und der Knallkopp legt daraufhin noch 'n Zahn zu:
»Was? *Das* soll Herr Jentsch sein? Denn zeigen Sie doch mal Ihrn Ausweis, Sie Hochstapler! Da will ich gleich mal Ihrn Ausweis sehn!«
Inzwischen ist einer vonne Ober in sein Trachtenkostüm angeeiert gekomm'.
»Erregen Sie hier bitte kein Aufsehen!« sagt der Ober.
Der Knallkopp tut so, als wenn er nix gehört hätte, langt aber in seine Tasche, zieht 'n Hunni raus, steckt ihn den Ober inne kleine Tasche von seine Trachtenweste und bölkt:
»Wer belästigt hier wen? Das möcht ich gern mal wissen! Ist das vielleicht keine Belästigung, wenn der Heini hier mein' Nam' benutzt?«
»Wenn Sie den Herrn belästigt haben, möcht ich Sie bitten, das Lokal zu...«, sagt der Ober zu mir, aber der Knallkopp grölt nu so laut, daß die Kapelle vorne ihre Geigen von' Kinn nimmt und rüberguckt.
»Das ist nämlich einer von diesen Pennern, die 'gemeinnützige Arbeit' in Ohlsdorf machen«, grölt der Knallkopp, »einer von diesen Säcken, die die Trauer von den Leuten ausnutzen und ihn'...«
»Komm' Sie bitte mit vor de Tür, da könn' wir alles klärn«, sag ich und zieh an sein' Jackenärmel. Aber nu wird er erst wild:
»Lassen Sie mich los! Sie solln mich sofort loslassen! Vor die Tür, das könnte dir so passen, Freundchen! Willst wohl noch mehr Knete rausleiern, was? Ich hab diesem Kerl nämlich 1000 Mark gegeben! 1000 Mark!«
Jetzt gucken alle Leute zu uns rüber: Publikum, Personal, Musiker.

»1000 Mark! Das muß man sich mal vorstelln! Wenn er das still und heimlich irgendwo auffen Kopp gehaun hätte, soll er das! Hätt ich kein Wort über verlorn, aber daß er nu hier auch mein' guten Nam'... das ist... Und darum will ich sofort den Tausender wieder zurück! Aber sofort!«
Hat richtig Schaum vor'n Mund!
Fräulein Helga, seh ich, steht anne Garderobe und läßt sich ihrn Mantel gebn. Und ich drück den Typen sein' Schein inne Schweißflosse. Und leg 'n Zwanziger für das schetterige Glas Wein auffen Tisch, das ich mir noch nichtmal reingekippt hab! Der Ober sagt noch nichtmal Danke.
Und ich mach, daß ich Land gewinn.
Eigentlich ist das doch der letzte Primitiv-Schuppen, diese WIENER MARIE! Dabei, wenn ich gewollt hätte, hätt ich diesem Scheiß-Gröltypen so lässig aussen Mundwinkel zuflüstern könn': 'Ach, das ist ja wirklich ne Klasse-Story: morgens auffen Friedhof hat das Leben kein' Sinn mehr für Sie, weil Ihre große Liebe den Löffel abgegeben hat, und Sie fangen an, harmlose Leute Tausendmarkscheine aufzudräng', und abends knalln Sie sich de Birne dicht in so'n Ballparadox-Schuppen... und wolln von harmlose Zeitgenossen Ihre Knete zurückhaben. Ne feine Geschichte für de BILD-Zeitung, finden Sie nicht auch?'
Hätt ich sagen könn', so auffe lässige Bogart-Tour.
Da wär das Schwein aber so klein mit Hut gewesen!
Und noch was: eigentlich hätt ich ihn den Schein gar nicht wiedergeben müssen. Geschenkt ist geschenkt, wiederholn ist gestohln!
Und hätt er erstmal beweisen müssen, daß das *sein* Tausender war!

Die Lütte

Manchmal schmeckt ein' doch das beste Abendbrot nicht mehr! Sitz ich heute auffe Steinbank von den Familiengrab Gerlach und denk grade: 'Noch ne Viertelstunde, denn ist Feierabend', da steht so'n lüttes Mädchen vor mir.
»Na?« sag ich, und sie auch:

»Na?« Aber in ein' Ton, daß man schon raushörn konnte: die hat was auffen Herzen.
»Kann ich was für dich tun?« frag ich, und sie:
»Ja... wissen Sie hier Bescheid?«
»Klar«, sag ich.
»Schön«, sagt sie, »ich such nämlich das Grab von meine Mutter.« Ich guck sie mir bischen näher an. Höchstens sechs Jahre alt ist sie.
»Gehst du schon inne Schule?«
»Ich komm bald hin. Aber jetzt will ich nachn Grab von meine Mutter.«
»Weißt du denn, wo sie liegt?«
»Nee, aber sie heißt Hannelore Wattzinger.«
»Wattzinger?«
»Ja.«
»Ja, mein Lütten, du weißt wohl nicht, wieviele Tausende hier liegen. Vielleicht gehst du mal nach de Friedhofsverwaltung. Die habn sonne Art Liegeplan, da ist genau aufgezeichnet, wer wo liegt.«
»Och, da war ich schon.«
»Na? Und was habn die gesagt?«
»Die habn gesagt, daß hier keine Hannelore Wattzinger liegt.«
»Denn stimmt das wohl auch.«
»Nee, stimmt nicht!« Und da fängt die Lütte tatsächlich an zu heuln. Ich verbrauch vier Papiertaschentücher, sie wieder einigermaßen trockenzukriegen.
»Und wer hat dir erzählt, daß sie doch hier liegt?«
»Meine Oma!«
»So, und warum ist deine Oma nicht mit hergekomm'?«
»Weil sie in' Pflegeheim ist. Die kann gar nicht mehr aufstehn. Liegt den ganzen Tag in' Bett. Ich darf sie auch gar nicht mehr besuchen. Die Tanten aussen Heim sagen immer, daß sie tütelig ist und spinnt, aber das stimmt nicht.«
»Und jetzt bist du aussen Heim ausgebüxt?«
»Ja, hierher. Weil ich zun Grab will.«
»Und was willst du da?« frag ich.
»Na, mich unter den Baum stelln, der da neben den Stein wächst.«

»Was fürn Baum denn?«
»Na der, wo meine Oma mir von erzählt hat. Der ist da aussen Grab rausgewachsen. Und wenn ich mich unter den Baum stell und wünsch mir was, hat meine Oma gesgt, denn hängt das inne Zweige. Zun Beispiel ein goldenes Kleid. Und fällt denn auf mich runter.«
»Und du wünschst dir 'n goldenes Kleid?«
»Nee, Fernseher und Video und 100 Kassetten«, sagt die Lütte und lacht. Und ich kann mir vorstelln, wie sie ihrn Kollegen aussen Heim die sahnigsten Videos vorspielt.
Aber denn wird sie ganz traurig und sagt:
»Und Sie wissen wirklich nicht, wo meine Mutter liegt? Sie hatte damals 'n Arbeitsunfall...«
»Laß mich mal überlegen«, sag ich, »wie hieß sie noch mal?«
»Hannelore Wattzinger.«
»Ach die! Hannelore Wattzinger! Klar weiß ich, wo sie liegt.«
Und ich geh mit ihr zun Familiengrab von Prof. Dr. von Blattnitz. Goldschrift auf rote Marmorplatte. Und neben diese Platte steht ne Kastanie.
»Da liegt Mutti?«
»Jawohl.«
»Ist das aber schön...«
»Nicht?«
Und denn stellt se sich unter de Kastanie und kneift de Augen zu. Und in den Augenblick kommt der Semmler vonne Friedhofsaufsicht. Gottseidank! Ich hatte schon de ganze Zeit ausse Augenwinkel zu ihn hingelinst, aber der Arsch bewegt sich ja wie 'n Sack Zement!
»Was haben Sie denn mit der Kleinen vor?« fragt er und glotzt.
»Nichts... nichts«, sag ich und zieh sonne richtige Stotter-Arie ab.
»Passen Sie bloß auf!« sagt Semmler, »und außerdem ist Feierabend.«
»Hab gar nicht auffe Uhr geguckt«, sag ich.
»Machen Sie bloß, daß Sie Land gewinn'!« grunzt er. Diese Stinkmorchel!
Ich geh mitte Kleine zun Ausgang.
»Schade«, sag ich, »aber kannst ja mal wieder vorbeikomm'.«

»Geht nicht«, sagt sie, »wenn man ohne Erlaubnis weg war, passen die ziemlich auf. Das wird nix, aber den Video hätten die mir sowieso weggenommen.«
»Bestimmt«, sag ich, »wenn du erzählt hättest, wie du dazu gekomm' bist, das hätte dir keiner vonne Arschlöcher abgenomm'.«
Ich hab ihr noch die Knete für de S-Bahn-Karte gegeben. Aber glaub nicht, daß mir hinterher das Abendbrot geschmeckt hat.

Die Beschwörung

An direkte Auferstehung' hab ich bloß de eine Sache erlebt. Das Zitiern von *Geister* oder *Teufel*, das ist öfters vorgekomm'. Ich mein, nicht, daß se direkt erschien' sind, so als weißen Nebel mit schwarze Löcher für Mund und Augen... glaubst du denn an sowas? Ich bin ja auch eher skeptisch, aber wenn das nu fachmännisch gemacht wird?
Da kann man doch nie wissen...
Die sich hier sonne Beschwörung' abkneifen, das sind meist Jugendliche. Die schleichen sich kurz vor Schließung ein oder klettern über de Tore oder Mauern, und denn machen se da inne Dunkelheit ein' los, weil sowas bloß in Dunkeln geht... Angeblich.
Lüders von' Krema ist das zuerst aufgefalln. Hat sich da aber nicht weiter um gekümmert. Als das aber immer schlimmer wurde, und jede Nacht war da Heileif bei uns, und de leere Bierdosen und weggeworfene Flachmänner müssen *wir* doch wieder wegräum'... da ist Lepelmann hin zu de Inspektion, zu den Semmler. Und:
»Herr Semmler, was ich noch fragen wollte, unse Öffnungszeiten habn doch ein' gewissen Sinn, oder wie seh ich das?«
Und Semmler:
»Klar habn die 'n Sinn. Ist denn irgendwas?«
»Naja, ich will nix gesagt habn, Herr Semmler, aber jede Nacht turn' hier ganze Banden von Jugendliche rum. Ich mein, das geht doch nicht!«

»Eigentlich nicht, ist verboten... steht auch überall angeschlagen.«
»Das mein ich doch! Und denn ist ja auch Dienstschluß für uns. Und wenn die hier rumturn', was weiß ich, was die alles vorhaben! Wenn da was passiert, das fällt doch auf uns zurück, oder wie ist das?«
»Ja«, sagt Semmler, »das hab ich grade überlegt. Wenn wir da nix von wissen, geht uns das nix an. Kann uns keiner für haftbar machen, wenn se zun Beispiel 'n Monument umkippen und das fällt auf ein' rauf.«
»Und wenn da 'n Wachtdienst...?«
»Ach was, Lepelmann, überlegen Sie doch mal, was sowas kostet! Und die Wachmänner müssen doch ne Waffe habn, zumindest 'n scharfen Schäferhund. Ich glaub, daß da noch viel mehr passiern könnte. Nee, laß man, wir machen das so wie bis jetzt: einfach nicht hingucken. Denn geht das auf eigenes Risiko von diese Burschen, und wenn einer zun Beispiel in so'n offenes Grab reinfällt und sich das Gnick bricht, ist er selber schuld!«
Lepelmann ist jedenfalls furchtbar enttäuscht gewesen nach diese Unterhaltung. Ich glaub, er hätte gern Aufsicht geschoben mit Waffe und scharfen Hund, vielleicht sogar mit ne Uniform. Er steht ja auch auf KZ-Videos.
»Die machen das alles auf ihr Risiko«, hat er zu mir gesagt. Und denn ist ihn was eingefalln. Und er hat mich gefragt, ob ich mitmachen will. Naja, abends hab ich ja eigentlich nie was vor. »Warum eigentlich nicht?« hab ich gesagt.
Inne Inn'stadt ist doch dieser große Zauber-Laden, wo du alles an Gägs kriegst, was auffen Markt ist. Besonders de Masken aus Latex-Gummi. Das hältst du in' Kopp nicht aus, was die auf diesen Gebiet auf Lager habn: Drakula, Frankenstein, Zombies... was du willst! Manche sogar mit ne lütte Batterie, wo du de Augen mit zun Glühn bringst. Und wenn du dir de Dinger übern Kopp ziehst, das ist wie ne zweite Haut, kannst richtig de Gesichtszüge bewegen und alles.
Lepelmann hat sich 'n Zombie gekauft mit graue Gesichtszüge und Pestbeuln und rote Leuchtaugen und 'n Spalt in' Schädel, wo das Blut rausläuft und man in das Gehirn reingucken kann.

Aber sowas von naturgetreu, das gibt das gar nicht! Ich hab mir 'n Frankenstein geholt, auch mit Leuchtaugen, aber in Grün. An nächsten Tag habn wir de Masken mit in' Dienst genomm', natürlich unauffällig, inne Plastiktüte von C&A. Und da war denn noch 'n alten Anzug in und 'n weißes Oberhemd.
Den ganzen Tag warn Lepelmann und ich richtig aufgekratzt. Er hat immer gesung':
»Schwarzbraun ist die Haselnuß,
Schwarzbraun bin auch ich, ja, bin auch ich;
Schwarzbraun soll mein Mädel sein,
gerade so wie ich...«
Ich bin ja mehr für de Romantik, wenn ich jippelig bin, und hab ich denn:
»Wenn bei Capri de rote Sonne in' Meer versinkt,
und an' Himmel de bleiche Sichel des Mondes blinkt,
fahren Fischer mit ihre Boote aufs Meer hinaus,
und sie werfen in weiten Bogen die Netze aus,
und von Boot zu Boot das alte Lied erklingt:
bellabellabella Marie, vergeß mich nie.«
Ich glaub, so'n lüttes Stück fehlt da irgendwo, sonne Zeile, aber macht ja nix, weil ich das Lied sowieso bloß pfeif. Und wir habn uns immer zugeplinkert. Nach Dienstschluß sind wir denn einfach nicht von' Gelände runter, habn uns hinter de Torfballen gehockt, in' Geräteschuppen. Einmal hat jemand de Tür auf- und zugemacht. Gott, wenn das nu Semmler ist, der drückt doch glatt das Vorhängeschloß zu, und Lepelmann und ich hocken inne Falle! Klar, wir könnten noch durch das Fenster. Aber was'n Umstand!
Bis zun Dunkelwerden hat das denn noch ganz schön lange gedauert. Vielleicht ist uns das aber auch bloß so vorgekomm'. Naja, denn war das soweit. Zuerst wurde das neblig, immer stärker, richtig sonne Waschküche. Denn wurde das richtig dunkel.
»Ne halbe Stunde noch, länger wart ich nicht«, nölt Lepelmann, »weil: erstens hab ich 'n Wahnsinns-Kohldampf, und denn fängt da um 22 Uhr 10 'n Film an, den will ich sehn.«
»Da komm' bestimmt welche, heute, ich hab das so in' Gefühl«, sag ich.
»Ach was...«

»War das nicht eben 'n Geräusch?«
»Du mit deine Geräusche! Ich sag ja, länger als ne halbe Stunde wart ich nicht.«
'Naja, vielleicht läuft wirklich nix', denk ich noch, 'kann ja auch nicht jeden Abend was los sein.' Mir tut auch schon der Hintern weh.
Und denn hör ich die Schritte.
Wir sind gleich auffen Torfballn rauf, damit wir aussen Fenster gucken könn'. Das liegt nämlich ziemlich hoch, das Fenster. Sogar nu, wo wir auffen Balln stehn, müssen wir uns strecken. Und denn sehn wir de Typen. Sind bloß so eben zu erkenn'. Kaum zu unterscheiden vonne Wacholderbüsche.
»Wieviel sind das?« fragt Lepelmann.
Ich zähl:
»Eins, zwei, drei, vier, fünf, sechs...«
»Sieben«, sagt Lepelmann.
Und denn bleiben sie stehn.
Und nu wird das hell,weil: sie habn ne Fackel angezündet, so'n Dings, wie man se bei Gartenparties hat.
Lepelmann hat recht: sieben Figurn sind das. Ist ganz gut zu sehn, was se da machen. Naja, viel ist das nicht. Stelln sich in' Kreis auf. Bleiben ganz still stehn. De Köpfe habn se gesenkt.
»Die beten«, flüstert Lepelmann.
»Quatsch«, sag ich, »die sagen Zaubersprüche auf. Beschwörung'... sowas...«
Und denn geht einer inne Mitte.
Jetzt seh ich auch: er hat was vor seine Brust gedrückt. Was Zappeliges. 'n Vieh ist das!
»Der hat da, glaub ich, so'n lütten Köter in' Arm«, sag ich.
»Eher ne Ratte«, meint Lepelmann.
Jetzt setzt er das Vieh auffe Erde.
'n zweiter Typ kommt.
»Der hat ja 'n Messer!« sagt Lepelmann.
»Mensch, sei doch nicht so laut!« sag ich.
Tatsächlich, das ist 'n Messer! Der zweite Typ holt nämlich aus damit, und rammt das den Vieh in' Wanst, und das quiekt auf wie verrückt und rast los. Hat das Messer noch in' Bauch.
»Sowas Perverses!« sagt Lepelmann laut.

»Mensch, nu nehm dich doch zusamm'! Du versaust uns ja alles mit dein' Gebölke! Das Rattenschlachten gehört doch dazu...«
»Wozu?«
»Na, wenn man den Teufel persönlich beschwörn will, da wird eben ne Ratte geschlachtet. Und man muß mit den Zeigefinger in das Rattenblut und sich das auffe Augenlider tupfen, denn kann man den Teufel sehn.«
»Woher weißt du das?«
»Hab ich mal gelesen.«
»So'n Quatsch!«
»Kein Quatsch!«
»Du willst doch wohl nicht in Ernst sagen, daß sowas funktioniert!«
Lepelmann ist total durchnander.
Die sieben Typen stehn da, als ob se nicht recht wissen, was se nu an' Tag gebn solln. Zwei gehn paar Schritte weg, als ob se das Tier suchen wolln. Ist ja auch mit ihrn Messer ausgebüxt.
»Die laufen aussenander!« sag ich, »los!«
Ich zieh mir schon de Maske übern Kopp. Hab inne Aufregung wohl nicht da auf geachtet, wo de Augenlöcher sind, muß noch ganz schön rumziehn an den Dings. Lepelmann ist schon fertig. Ach Gott! Nu, wo das Dings sitzt, fällt mir ein... vorher hätt ich ja das Swettschört ausziehn müssen! Frankenstein mit Swettschört, das paßt irgendwie nicht, der muß 'n weißes Oberhemd zun dunkeln Jackett tragen.
Zieh ich einfach das Hemd über das Swettschört rüber! Lepelmann ist auch fertig. So, jetzt ganz leise de Schuppentür auf, und raus!
Hinter de niedrige Buchsbaumhecke ducken.
Möglichst nahe ran an de Typen!
So, jetzt könn' wir se schon verstehn.
»Es geht auch ohne Opfer...«, sagt einer. Und ne zweite Stimme:
»Wir *haben* ja geopfert!«
Mensch, das war 'n Mädchen!
»...längst verblutet«, sagt da 'n dritter. Ist in Stimmbruch.
'Sonne Küken und schon so versaut!' denk ich. Und da stößt mich Lepelmann an. Das ist unser Zeichen. Wir ziehn an den

klein' Faden, der aussen rechten Ohr hängt, und komm' hoch. Unse Augen glühn. Den Zombie seine rot, Frankenstein seine grün.
Und denn: EIN SCHREI!
Und denn sind da bloß noch fliegende Hacken inne Staubwolke. Zwölf fliegende Hacken. Keine vierzehn! Ein Typ ist nämlich umgefalln. Liegt da. War wohl 'n bischen viel für sein' Kreislauf.
Bestimmt das Mädchen!
Nee, stimmt nicht. 'n Junge! Und 'n ziemlicher Brocken.
»Gott, wenn der nu 'n Herzschlag gekriegt hat vor Schreck!« hör ich Lepelmann.
»Ach was«, sag ich, »die wußten doch, auf was se sich einlassen, wenn die so'n Scheiß baun. Stell dir vor, das hätt geklappt mitte Teufelsbeschwörung!«
»Auf jeden Fall mach ich mal ganz schnell, daß ich Land gewinn.«
»Und du willst den Knilch hier wirklich so liegenlassen?«
»Ich weiß von nix...«
Und schon hat er sich verflüssigt.
Ich schalt de Außenbeleuchtung aus und zieh mir den Frankenstein runter.
Der Knilch röchelt, als hätt er 'n Kilo Reißnägel inne Lunge.
An besten, ich leg ihn 'n kalten Lappen auffe Rübe.
Also hin zun nächsten Wasserhahn... an jede Wegkreuzung ist ja so'n Dings, damit sich de Leute ihre Gießkann' vollaufen lassen könn' und das nicht so weit habn bis zu de Gräber.
So, an besten ist, ich nehm gleich ne ganze Packung Papiertaschentücher...
Ich laß da ordentlich Wasser rauflaufen, ras zurück zu den Knilch. Der liegt da noch immer. Aber Lepelmann ist bei ihn. Hat ihn schon was Kaltes auffen Kopp gelegt. Der Größe nach könnte das 'n Tieschört sein.
'Der muß ja wie'n Bekloppter... sich erst de Maske ab, denn de Klamotten aus, das Swettschört runter, Klamotten wieder an, Maske wieder über, wie besengt zun Wasserhahn, Tiershört runter, zurück zu den Ohnmächtigen, den das nasse Tieschört auffen Kopp... Moment mal.. warum hat er sich denn bloß de

Maske wieder auf? Wenn der Ohnmächtige wieder klar wird und ihn so sieht, der klappt doch gleich nochmal ab!'
»Äi, Lepelmann, du Pestbeule«, sag ich, »soll der Typ hier 'n Dachschaden kriegn, wenn er dich so...«
Und zieh anne Maske.
Zieh wie verrückt.
Aber denn merk ich: das ist gar kein Latexgummi! Das ist echte Haut! Nu wird mir ganz schwummerig!
'Hat das mitte Beschwörung wohl doch geklappt', denk ich noch, eh ich wegsack.
Zwei Stunden später bin ich denn wieder zu mir gekomm'. Allein. Der Umgekippte war nicht mehr da. Der andere auch nicht. Was das nu für'n Subjekt war, will ich gar nicht wissen. Lepelmann ist das jedenfalls nicht gewesen. Ich hab ihn gefragt andern Tag.

Die Blockade

Als das mitte Robben-Krepiererei anfing, warn ja alle Zeitung' voll davon. Nachen ersten Tausend kam da bloß noch ne kurze Notiz, nachen zweiten Tausend hatten de Leute das Thema über.
»Schon wieder was über diese blöden Robben«, fing' se an zu stöhn', wenn se da 'n sterbendes Robbenkind mit blutigen Schaum vorn Maul ausse Zeitung raus anguckte.
Paar Idealisten nahm' das Ganze aber doch ernst: sie habn de Robben, die noch lebten, Stück für Stück eingefang' und bei Hagenbeck in das größte Wasserbassin reingesetzt. Wollten se da vor diese Viren in Sicherheit bring'. Was aber kein Mensch bedacht hatte, daß sich sonne Robbe ausse Nordsee nicht bloß körperliche Krankheiten eingefang' hatte. Mindestens ebenso schlimm warn ja de psychischen Veränderung' vonne Tiere, die man ja von außen nicht sehn kann.
Kurz und gut, inne eine Nacht sind de Tiere jedenfalls, wie auf ein' instinktiven Befehl hin, heimlich aussen Bassin raus, über de Absperrung' rüber — wie se das gemacht habn, hat bis

heute noch kein Mensch rausgekriegt — auffen Hauptweg rauf bis zun Ausgang. Und da habn se sich mit alle Mann hoch gegen das Eisentor gestemmt, bis das aufgesprung' ist. Muß man sich mal vorstelln, was das für ne Kraft gekostet hat und was für ein' planmäßigen Einsatz von diese Kraft! So daß man fast sagen kann, wenn sonne Robbe durchdreht, daß se denn in ihre Geisteskrankheit genau die Fähigkeiten entwickelt, die ein normaln General hat.

Naja, sie sind auffe Straße rauf, habn sich da in Marschformation aufgestellt und sind denn — immer de entsprechende Buslinien nach — de ganze Nacht durch bis Ohlsdorf... marschiert oder, besser gesagt, geglitscht. Als se da morgens um acht Uhr ankam', warn se natürlich so alle, daß se sich bloß noch um' Haupteingang rum lagern konnten, wo se denn, nach diese enorme militärische Leistung, krepiert sind.

Warum se das gemacht habn? Da mußt du mich nicht fragen! Ich glaub, das ist so wie bei alle militärische Leistung' oder bei religiöse Wunder, daß die bloß ein' *verborgenen* Sinn habn, den so'n normalen Blödmann wie du und ich natürlich nicht schnalln.

De Story ist selbstverständlich noch nicht zu Ende, denn als de Seehunde grade anfing', sich in Windeseile zu zersetzen, also ranzig zu werden, da stand der erste Leichenzug vorn Haupteingang.

Wieso vorn Eingang?

Na, weil bekannte Persönlichkeiten, werden nicht bei uns aufgebahrt, sondern in eine vonne großen Kirchen: Michel, Petrikirche, Katharin'kirche undsoweiterundsofort.

Und diese Leiche — de Ehefrau von ein' ganz bekannten Politiker — kam aussen Michel und war da schon zwei Tage lang besichtigt und vonne Presse fotografiert worden. Und nu stand der ganze Zug vor de Blockade vonne tote Seehunde.

Klar, zuerst habn se vonne Verwaltung aus uns alarmiert, Knax, Lepelmann, de Krema-Gäng. Sogar de Herrn ausse Verwaltung mußten selber mit anfassen, aber das brachte nix. Wo du de toten Tiere auch zu fassen kriegtest: anne Beine, anne Flossen, an' Schwanz: das riß sofort ab, wenn du bloß 'n bischen gezogen hast. Und sie auf Schiebkarrn aufrolln, das ging auch nicht,

denn erstens warn sie wahnsinnig glitschig, und zweitens, wenn du bischen hart zugegriffen hast, rissen die auf, und de Innereien liefen raus.
Mann, war das ne Panik!
Zwei Stunden war unse Mannschaft schon an' Wirbeln, und vonne Feuerwehr warn se auch schon da und von' Technischen Hilfsdienst, sogar der Bund hatte schon paar Pioniereinheiten aus Harburg lockergemacht. Aber je mehr de Kollegen wühlten, desto mehr Matsch kam dabei raus.
Und vorn Eingang stauten sich mittlerweile fünf Prominenten-Leichenzüge, die sich gegenseitig auffe Füße traten. De Pastorn warn da auch schon an Rumröhrn, weil: so'n Geistlicher, wenn er nicht in Ohlsdorf fest angestellt ist, hat ja auch noch andere Termine, die er wahrnehm' muß. Das war jedenfalls ein Chaos vorn Eingang, das hat das auch inne wildeste Hafenstraßen-Randale-Zeit bei uns in Hamburg nicht gegebn.
Zun Schluß ist denn 'n Rettungshubschrauber gekomm' und hat den Sarg an sonne lange Kette über de Seehunde weghieven wolln, aber da ist denn passiert, was der Gesundheitsminister schon immer gesagt hat: grade weil de Krankenkassen so'n hohes Sterbegeld bezahln, komm' de Beerdigungsfritzen angelaufen, geiern sich das Sterbegeld, sagen zu de trauernde Hinterbliebene, die vor lauter Trän' sowieso kein' Durchblick mehr habn, daß se de Familie das Geschäftliche abnehm' und für se regeln wolln, schreiben denn auffe Rechnung: 'Sarg: 2000 DM', liefern aber doch bloß ne Pappkiste mit aufgedruckte Holzmaserung für 15,20DM... was ja nu inzwischen nicht mehr läuft, weil das Sterbegeld flachfällt und de Verwandten das Sterbegeld selber bezahln. Und wenn da was passiert, daß der Sarg zun Beispiel aussenanderfällt, vor er inne Erde drin ist, denn tragen de Verwandten de Verantwortung dafür. Warum nehm' se auch so'n Billigdings! Jedenfalls könn' denn de Bestattungsfirm' kein' Schmuh mehr machen!
Ach so, ja, und wollt ich sagen: sogar bei diesen Prominentensarg müssen de Beerdigungsfritzen geschummelt habn, denn grade, als der Sarg über de Seehunde hing, kannst dir ja vorstelln, was da komm' mußte und was höchstens in ein' OHNSORG-Stück passiert oder inne platte Realität, aber niemals

inne Literatur. Jedenfalls: die alte Dame fällt inne aufgeweichte Tiere rein, weil der Sargboden aus Pappe se nicht gehalten hat! Wie gesagt, nu war de Trauerstimmung natürlich total hin. Und das hat noch Stunden gedauert, ehe die Spezial-Truppen da warn, die mit ihre Säure über de Tierleichen rüber, daß der Auflösungsprozeß noch 'n bischen schneller ging. De schlammig-schleimige Rückstände habn se denn mit ihre Feuerwehrschläuche inne Gullies gespült. Aber das alles hat natürlich gedauert. De einzigen, die mal wieder was gehabt habn von diese Sache, warn natürlich de Journalisten.
Kannst dich noch anne Schlagzeiln erinnern?
WO IST... und denn kam der Name vonne prominente Dame. Kannst dich *nicht* erinnern? Naja, passiert so viel jeden Tag, da kann man nicht alles behalten... Die alte Dame war jedenfalls mit in' Gully gegang'... und habn se nix von wiedergefunden... auch nicht mitte beste Spezial-Siebe... nicht mal ne lütte Goldplombe!

'n Hunni für ne Story

Typen vonne Zeitung: Mann, geh mir los! Ich kenn da so'n paar. Den Zwutschki zun Beispiel. Der hat bei de BILD angefang', denn ist er zu de BUNTE, von da denn nach... ach, ich weiß nicht mehr, ist ja auch egal! Jedenfalls, Zwutschki, das war 'n ganz berühmter Fetzer. Die Babystrich-Serie war von ihn, die Hausfrauenstrich-Serie auch, die Serie 'Zahnarzthelferinnen fassen nicht bloß in offene Münder', da hat er sogar 'n Prozeß an' Hals gekriegt. Ja, und denn hat er für de Serie 'Nachwuchs für den Kiez' gearbeitet, und ist folgendes passiert: er geht grade de Davidstraße hoch und denn de zweite Straße links ab, wo Sabine und Renate hinter ihre Fenster hocken, und da kommt mitmal 'n brennender Neger ausse Eingangstür. Naja, vielleicht war das auch kein Neger. Kann sein, daß er schon schwarz angebrannt war. Jedenfalls, er kommt aus ein' von diese Absteigen, wo se de Asylanten unterbring'... und steht von oben bis unten in Flammen. Hat sich vielleicht noch nicht einmal selbst

angesteckt aus Protest, denn in diese Wanzen-Buden ist ja alles defekt, warum soll da nicht der Gaskocher explodiert sein? Der Zwutschki hat denn da über geschrieben... Kamera hatte er glücklicherweise auch dabei, da konnte er de erschütternde Fotos ausse nächste Nähe... und ist von STERN gebracht worden. Ich mein, höher als bis zun STERN geht's ja nicht... kommst du nicht als Journalist. Und war diesen Zufall de absolute Wende in Zwutschki sein Leben. Von da an hat er nämlich de Strich-Serien an' Nagel gehängt und ist auf Politik und Randgruppen umgestiegen. De Serie vonne Asylanten-Hotels habn se sogar in' Dritten gebracht. Klar, er war nu ganz bis nach oben gekomm', aber wenn du oben bist, mußt du diese Stellung auch halten. Und hat er Tag und Nacht mitten Polizeifunk an Ohr gelauert, ob sich da nicht wieder 'n Asylant verbrennt oder aussen Fenster springt. Zun Schluß soll er diese Menschen sogar angeboten habn, wenn se zun Beispiel vonne Köhlbrand-Brücke spring'... in den Augenblick, wenn de Beleuchtung optimal ist für seine Aufnahm', und er gibt ihn' denn schon das Zeichen... da zahlt er 500 Mark für. Und das Geld geht an ihre Familien. Er hat sich also unheimlich engagiert in sein' Job. Aber so richtig angebissen habn diese Typen nicht. Naja, und denn hat er sich wieder umgestellt, auf Nju-Äitsch. Das ist was mit Magie, verstehst du? Wenn dir vielleicht de DRAKULA-Filme was sagen oder DAS OMEN... sowas in diese Art. Da spieln de Friedhöfe ne große Rolle.
Wie gesagt, ein' schön' Tag hatte ich ihn hier auffen Hals. Höflich war er ja, hatte ne Flasche Weinbrand mit für uns, wußte schon, was sich gehört. Und denn hat er zu Lepelmann und mir: wir solln ihn mal erzähln, was hier so passiert... an besten, so unheimliche Sachen, und wenn ihn was gefällt, blättert er uns 'n Hunni auffe Kralle. Und wenn wirklich steile Sachen dabei sind, kann das sein, daß da denn sogar ne Fernseh-Serie über gedreht wird, und wir könn' als Statisten mitmachen und kriegen an ein' Tag über 100 Mark.
Und nu hättest du mal den Lepelmann erleben solln, wie den die Augen aussen Kopp gekomm' sind, als er das mitte 100 Mark gehört hat! Der war richtig geldgierig!
Und denn hat er losgelegt.

So total bescheuerte Sachen. Hätt ich gar nicht gedacht, daß der sowas auffe Latte hat. Zun Beispiel, daß das hier bei uns spezielle Ratten gibt. Leichenratten. Ungefähr 'n halben Meter lang. Die leben vonne Leichen. Und einmal habn de Beerdigungsfritzen in den ein' Sarg 'n Geräusch gehört und den Dekkel losgeschraubt und hoch, und da hockten da zwei von diese Viecher drin, und von den Toten warn da bloß noch 'n paar abgenagte Knochen nachgeblieben.
Der Zwutschki hat alles mit sein' lütten Kassetten-Alfons aufgenomm'. Hatte ganz rote Ohrn. Und hat tatsächlich de 100 Mark rausgetan für de Ratten-Story.
Als der Zwutschki weg war, hab ich den Lepelmann gefragt, ob das stimmt mitte Ratten, ich hab so'n Viech jedenfalls noch nicht gesehn. Der Lepelmann hat sich gebogen und hat gesagt: er auch nicht, und de Story hat er aus ein' JOHN-SINCLAIR-Heft.

Willi will nicht

Mitte Zeit ist der Zwutschki nicht mehr mitte Sachen zufrieden gewesen, die Lepelmann und ich ihn auffe Nase gebunden habn. Vielleicht hat er auch geschnallt, daß Lepelmann seine Stories alle inne JOHN-SINCLAIR-Hefte stehn. Jedenfalls, ein' schön' Tag kommt er angeglitscht bei Lepelmann und mir, und: daß er bei ein' fundamentalistischen Gottesdienst inne Petri-Kirche, hat er ein' Pastor kenn'gelernt, der nicht bloß Kranke heiln, sondern auch Tote wieder zun Leben erwecken kann. Und genau sowas soll nächsten Sonntag hier ablaufen. Und de gesamte Presse ist auch da, sogar 'n Fernseh-Team von' HAMBURG-JOURNAL.
Kannst dir vielleicht vorstelln, was los war bei uns. Klar, vorher hatte das schon in alle Zeitung' gestanden, und ist logo, daß de Leute geströmt sind. Alles war schwarz voll, und ein Gedränge trotz de dreifache Polizeikette. Und stand alles dicht mit Tragbahren, wo Todkranke auf lagen, wo sogar Professor Hackethal de Hoffnung aufgegeben hätte. Und habn sich de Verwandten wohl gedacht: zu verliern habn wir nix mehr mit diesen Ver-

such, und wenn das tatsächlich nicht helfen sollte: schaden tut das auch nix, und sterben muß der Kranke ja sowieso inne nächste Zeit. Also, habn se darauf spekuliert: wenn das mitte Totenaufweckung hinhaut, denn kann er sonne Heilung mal eben mit durchziehn.
Rollstuhlfahrer gab das auch noch und nöcher, aber die mußten anne Seite rolln, weil se ja keine akuten Problemfälle warn, und außerdem habn se mit ihre sperrige Gefährte de Journalisten de besten Plätze weggenomm'. Klar, beschwert habn se sich, diese Brüder. Und einer ist wie so'n Kamikaze direkt auf so'n Fernseh-Team los. Konnten die sich bloß noch so eben und eben in Sicherheit bring', hätt er se glatt umgenagelt mit seine Gurke. Naja, endlich habn de Leute, die ganz außen standen, geschrien:
»Er kommt! Er kommt!«
Und denn kam er auch: so'n lütten blassen Kerl mit Brille und Halbglatze. Aber de Leute habn ein' Aufstand gemacht, als wär das Jesus persönlich... oder sogar vielleicht Michael Jackson: habn de Arme hoch und geschrien und sich auffe Erde geschmissen. Aber er: ganz cool. Sich um nix gekümmert. De Hände übern Bauch gefaltet und den Kopp gesenkt. So ist er denn hin zu den Grab, was ausgelost worden war vonne frische Gräber. Und war de Ruhestätte von ein' Herr Willi Hilf. Der sollte Leiter von ne Karstadt-Filiale gewesen sein. Jedenfalls, hatten se de Kränze von sein Grab schon weggeräumt und de Erde schon weggeschaufelt. Sargdeckel war auch losgeschraubt, lag aber noch auf.
Wie gesagt, der Pastor in sein' Talar direkt auf das offene Grab zu. Und man eben, daß er da war, de Fotografen warn noch alle an' Übernanderpurzeln, und welche knipsten auch schon wie besengt, und immer wieder de Schreie, daß er sich mal umdrehn sollte, daß se ihn auch von vorne vor de Linse kriegten, also, mitten in diesen Getümmel rein, er:
»Willi, ich befehle dir, erhebe dich!«
Ganz laut. Und mit ein' Schlag war das totenstill. Bis auffe Schnattergeräusche vonne automatische Kameras natürlich und das Sirren vonne Filmgeräte.
Aber: nix!

Als de Leute wieder anfing' zu atmen, er nochmal:
»Willi, ich befehle dir, erhebe dich!«
»Er muß das dreimal sagen«, hör ich 'n Typ neben mir, »inne Bibel hat Jesus das auch dreimal gesagt.«
Na schön, hat er auch. Und de Stille nachen dritten Befehl war... also, sowas von voll Spannung, ich dachte, da... also... wahnsinnig! Natürlich war auch der dritte Befehl 'n Schuß in' Ofen. Und 'n paar Typen fingen auch schon an zu gröln, daß der Pastor vonne Freidenker bestochen worden ist, daß er nicht seine ganze Kraft da reinlegt. Und andere: daß de ganze Show hier Beschiß ist, und der Sarg ist leer! Und noch welche: er wär schon hochgekomm', aber de Ärzte habn seine Gehirnhaut und de Leber und de Niere anne Organbanken verscherbelt, und ohne diese Organe hätt nicht mal Jesus das gepackt mitte Auferstehung. Also, das war ein Gebruddel und Gegröl! Welche habn auch bloß gelacht, aber andere habn sich heulend auffen Boden gewälzt, und denn hat so'n Journalist durchen Megafon geschrien:
»Ruhe! Ich bitte um Ruhe, meine Herrschaften! Zerstören Sie bitte nicht die Würde dieses Ortes!« Und denn hat er den Pastor gebeten:
»Bitte, wiederholen Sie noch einmal die Prozedur!«
Der Pastor war aber ganz fertig mitte Nerven, weil: mit so ein' Ergebnis hatte er nicht in' Traum gerechnet! Und hat er auch de Herrn von' HAMBURG-JOURNAL mit tränenerstickte Stimme in das Mikro: daß er ganz sicher gewesen ist, weil: der HERR ist ihn noch letzten Abend als leuchtende Figur erschienen, gleich nachen Programmschluß von' Zweiten, und hat ihn versprochen, daß das hinhaut.
Bein lezten Mal, wo er erschienen ist, hat das nämlich auch hingehaun, und hat er profezeit, daß Boris Becker 1988 den Davis-Cup gewinnt.
»Ich *kann* das gar nicht verstehen«, hat er immer wieder gesagt, »ich kann das gar nicht begreifen... warum der HERR sowas mit mir macht! Ich versteh das nicht!«
»Vielleicht versuchen Sie das nochmal«, hat ihn da ein Typ vonne BUNTE gut zugeredet. Und hat er sich denn tatsächlich geräuspert und:

»Willi, ich bitte dich ein letztes Mal: steh auf!«
Aber Willi hat sich da 'n Bein um gekümmert und ist liegengeblieben.
Warum das nicht geklappt hat?
Vielleicht weil diesen Willi nicht inne Kirche war und aus diesen Grunde nicht eingesehn hat, daß er nache Pfeife von so'n Talarheini tanzen soll.
Oder er hatte kein Hörgerät drin und konnte ohne Hörgerät nix verstehn.
Die Journalisten habn sich denn so nach und nach verdünnisiert, zun Schluß auch der Zwutschki, weil: er hat ja immer noch gehofft. Aber als ihn de Kollegen denn immer aggressiver mit ihre Bemerkungen, daß sowas ein' ausgebufften Zeitungsmann einfach nicht passiern darf, ist er auch weg.
Was soll ich sagen, inne Zeitung' habn se über de ganze Äktschen nix gebracht, und in Fernsehn gab das auch nur diesen 3-Minuten-Beitrag in EXTRA DREI über de Leichtgläubigkeit vonne moderne Menschen. Aber was mir noch an selben Abend passiert ist, also, das glaubt sowieso keiner: geh ich jedenfalls kurz vor Arbeitsschluß in' Geräteschuppen, um meine Harke da abzustelln, und hockt da ein Kerl mit Dreitagebart und in so'n Leichenhemd.
»Was machen Sie denn hier?« frag ich, und er:
»Weiß auch nicht, ich hör da mitmal sonne Stimme, daß ich aufstehn soll, und bin ich auch, und bin denn hergekomm', aber ich weiß echt nicht, was das zu bedeuten hat...«
»Wie ist denn Ihr Name?« frag ich.
»Willi Hilf.«
»Ach was, und wo liegen... äh, wo habn Sie gelegen?«
»Inne achte Reihe... bei de Zypressen.«
»Das kann ja gar nicht angehen! Sie liegen doch da... wo heute früh de Totenauferweckung ablaufen sollte.«
»Nee, ich lieg Reihe 8.«
»Ogott, denn muß da irgendwie ne Verwechslung oder was... daß da was mitte Särge durchenander gekomm' ist... das ist nämlich schon mal passiert, daß da zwei gleiche Modelle vertauscht worden sind, und ist ganz zufällig bei ne polizeiliche Exhumierung rausgekomm', weil in den Sarg lag nicht der ver-

giftete Lude von' Kiez, sondern ne tote Steuerberaterin aus Hamburg-Eidelstedt.«
»Ja, und was mach ich nu? Meine Familie ist — glaub ich — in Urlaub...«
»Und zurück wolln Sie nicht?«
Er zuckt mitte Schultern:
»Wenn ich das so überleg«, sagt er, »das Grab ist ja auch noch offen, war übrigens ne ganz schöne Mühe, mich da rauszuwühln, also, wenn ich das so überleg... de Familie hat sich inne Zwischenzeit bestimmt damit abgefunden... und das Gelbe von' Ei war das ja auch nicht mit diese Mischpoke... Wenn Sie denn mal so freundlich sind und schaufeln wieder zu?«
»Mach ich, aber 'n bischen beeiln müssen wir uns schon, weil gleich Feierabend ist«, sag ich.
Wie gesagt, *das* würd mir nichtmal der Zwutschki abnehm'.

Der Jesuiten-General

De Typen, die in sonne therapeutische Wohngemeinschaft komm', werden immer hierher geschickt. 'Friedhof beruhigt', denken die Psychologen wohl.
Aber wir müssen uns mit sonne Schrotties abquäln.
An schlimmsten war wohl Froschmüller. Weiß ich noch, wie Semmler mit ihn aufkreuzte:
»Äi, Putzi, dies ist Froschmüller, dein neuer Kollege.«
Und der Froschmüller, so'n kleiner Dicker, 'sieht aus wie der Zwillingsbruder von Peter Lorre', denk ich noch, pliert mich an mit sein' Froschaugen, wo er die Lider man so eben rüberkriegt, und sagt:
»Eigentlich bin ich Maler.«
Und Semmler:
»Hauptsache, ihr vertragt euch.«
Und danach zittert er ab.
Als er weg ist, flüstert der neue Kollege:
»Das mit dem Maler stimmt nur zum Teil, eigentlich bin ich Jesuiten-General.«
»Sie komm' bestimmt aus ner Therapie-WG«, sag ich.

»Richtig, ich war 5 Jahre im Psycho-Knast, das ging von den Freimaurern aus. Das sind nämlich die Todfeinde der Jesuiten.«
»Ich weiß, ich weiß«, sag ich, »wir hatten nämlich schon mal 'n Jesuiten-General hier, den Herr Unterschmidt.«
»Noch einer, das kann gar nicht angehen! Es gibt doch nur einen. Das war sicher ein Spion, den die Freimaurer...«
»Er sitzt jetzt wieder inne Geschlossene, weil er sich hier mitten in' schönsten Betrieb ausgezogen hat. Drei Trauerfeiern hat er gesprengt. Klar, daß er da sofort abgeholt worden ist.«
Froschmüller hat wohl gar nicht hingehört.
»Ich möchte Sie nur um eins bitten«, flüstert er, »nur um eins. Erzählen Sie keinem Menschen, wer ich bin! Versprechen Sie mir das?«
»Klar.«
»Das muß nämlich geheim bleiben! Unter *allen* Umständen!«
»Sicher, ich erzähl kein' was.«
»Ich muß mich nämlich tarnen. Keiner darf wissen, wer ich bin. Wenn er es wüßte, würde er sich bei mir einschmeicheln. Selbst der Hl. Vater darf nicht wissen, wer ich bin.«
»Und warum darf der das nicht wissen?«
»Weil Gott auch ihn auf die Probe stellt. Wie er seinen eigenen Sohn auf die Probe gestellt hat im Garten Gethsemane. Um ein Haar wäre Jesus schwach geworden. Er hat gesagt: 'Vater, erspare mir die Kreuzigung!' Aber dann hat er es sich doch überlegt und gerufen: 'Mach mit mir, was du willst!' Damit hatte er die Probe bestanden.«
Und denn fängt er mitmal an zu lachen, daß die beiden alten Frauen, die in' Nebengang de verwelkten Stiefmütterchen vonne Gräber reißen, schon rübergucken. Jetzt kommt Froschmüller ganz dicht an mich ran und flüstert:
»Das stimmt nämlich gar nicht. Jesus hat *nicht* gesagt: 'Aber dein Wille soll geschehen, nicht meiner'. Er hat gesagt:
'Du bist ja wahnsinnig, Alter! Deinen eigenen Sohn ans Kreuz schlagen zu lassen! Du bist ja pervers! Das kriegt ja nichtmal der abgebrühteste Menschen-Vater fertig! Ich glaub, du hast Angst vor meiner Konkurrenz, was? Aber ich werd gleich am nächsten Morgen losgehen und den Leuten erzählen, was du für ein *Schwein* bist, darauf kannst du Gift nehmen!'

Und da hat Gott gesagt: 'Entschuldige, das war ja auch bloß ein Test, wie weit du mir gehorsam bist, weiter nichts. Nie hätt ich dich ans Kreuz schlagen lassen. Welcher Vater bringt sowas auch schon fertig.'
'Aber...'
'Guck doch ins Alte Testament, Sohnemann, die Geschichte von Abraham und Isaak, da hab ich auch nicht zugelassen, daß der seinen Sohn opfert! Und damit du dich beruhigst, hier, trink mal 'n Schluck aus diesem Kelch!'
'Was ist da drin?'
'Ach, bloß 'n harmloses *Beruhigungsmittel*, danach geht's dir wieder gut.'
Und er gibt seinem Sohn einen goldenen Kelch und läßt ihn daraus trinken. Jawohl.«
»Das ist doch alles Quatsch!« sag ich, »woher haben Sie denn das? Wenn Sie sowas öffentlich verbreiten, da könn' Sie ne Anzeige wegen Gotteslästerung an' Hals kriegen!«
»Woher ich das habe? Durch einen Augen- und Ohrenzeugen! Petrus hat nämlich gar nicht geschlafen. Der hat bloß so getan. Hat die Augen zugekniffen, aber alles mitgekriegt. Und Petrus war der erste Papst. Und jeder Papst hat's seinem Nachfolger weitererzählt. So haben die Päpste Gott in Schach gehalten. Haben ihn in der Hand. Aber sie dürfen dieses Geheimnis keinem weitersagen, sonst ist ihre Macht dahin.«
»Und woher wissen Sie das Geheimnis?«
»Weil der Papst nämlich *eine* Ausnahme machen muß. Er muß beichten. Und sein Beichtvater ist der Jesuiten-General. Die Schwierigkeit ist: der Papst muß den Jesuiten-General aus den Millionen von Pilgern herausspüren, denn der darf sich nicht zu erkennen geben. So wie Jesus sich nicht zu erkennen geben durfte.«
»Aber das stimmt doch nicht! Jesus hat doch jeden erzählt, daß er der Sohn von Gott ist!«
»Er hat es *ironisch* gesagt. So wie ich auch *ironisch* sage: 'Ich bin der Jesuiten-General'. Aber der Papst muß hören, daß hinter der Ironie die *Wahrheit* steckt. Und deshalb werde ich nach Rom pilgern.«
»Und Ihre therapeutische WG läßt Sie einfach ziehn?«

»Ich bin sicher, daß die WG einverstanden ist, auch der Sozialpädagoge, der mich betreut. Er darf es natürlich nicht offen zugeben, aber er kann es signalisieren, er kann mir ein Zeichen geben.«

»Und was fürn Zeichen hat er Ihn' gegeben?«

»Hat er mich nicht hierhergeschickt? An einen Ort, der zugleich der Garten Gethsemane und die Stätte Golgatha ist? Habe ich nicht vorher *Haldol* bekommen, so wie Jesus sein Beruhigungsmittel erhalten hat? Und so wie Jesus die Menschheit geprüft hat am Kreuz, ob sie hinter dem abgeurteilten Verbrecher Gottes Sohn sieht, so werde ich den Hl. Vater prüfen, ob er hinter dem Pilger den Jesuiten-General sieht.«

»Das ist ja alles verflucht kompliziert«, sag ich, »aber wenn einer ne Idee hat, denn soll er sie auch durchsetzen. *Wenn* sag ich. Ich hab nämlich keine Idee... ich hark hier bloß das Laub zusamm'.«

»Manchmal«, flüstert der Jesuiten-General, »manchmal nimmt Gott allerdings seine Befehle wieder zurück... wie beim Abraham...«

»Daß Sie also nicht nach Rom reisen müssen?«

»Ja, dann stoppt er seinen Auftrag.«

»Und wie soll das passiern?«

»Ja«, sagt der Jesuiten-General und zieht 'n paarmal ganz langsam und mit Mühe die Augenlider über seine riesigen Augäpfel, »da gibt es zwei Beispiele. Alle paar hundert Jahre kriegt Gott nämlich ein schlechtes Gefühl, wenn er die vielen Armen auf der Erde sieht, die in ihrem Schmutz verhungern. Und dann wählt er sich einen Menschen aus, dem er die Macht geben will, den Reichtum auf der Erde gerecht zu verteilen. Der letzte Auserwählte war ein Papst, den sie den 'Lächelnden' genannt haben. Der wollte das gesamte Kirchengut unter die Armen der Welt verteilen...«

»Ist das der, der nur 'n Monat als Papst regiert hat?«

»Ja, nach einem Monat hat Gott eingesehen, daß es wohl so doch nicht geht, und hat ihn zu sich genommen.«

»Und das kann mit Ihn' auch passiern?«

»Ja... es gibt aber noch eine Möglichkeit. Da hat es nämlich einen Priester gegeben, der sich um die Arbeiter gekümmert

hat, und das ist noch schlimmer, als wenn das Kirchengut verteilt wird.«
»Hat er diesen Priester auch sterben lassen?«
»Nein, er hat diesen Priester — van Gogh hieß er — zum Künstler werden lassen. Hat ihn Tag und Nacht mit künstlerischen Eingebungen bombardiert. Gemein war natürlich, daß kein Mensch damals das für Kunst gehalten hat, aber es war Kunst!«
»Also, wenn der Auftrag rückgängig gemacht wird: entweder Löffel abgeben oder Künstler werden?« frag ich.
»So ist's!« nickt Froschmüller.

Dumme Gedanken

Wenn man bei seine Arbeit anne frische Luft ist, denn kommt man gar nicht auf dumme Gedanken. Fast gar nicht. Höchstens bei Windstille.
Bei uns in' Wohnheim ist das anders. So'n Zimmer ist da — wart mal — na, so 12 qm, größer nicht. Paßt 'n Bett rein, Schrank, Waschbecken.
In jeden Stockwerk ist ne gemeinsame Kochstelle mit 25 Gasflamm'. Nebenan sind de WCs mit acht Kabin'.
Bein Kochen an Wochenende kann das schon mal vorkomm', daß alle zu gleiche Zeit brutzeln wolln. Daß aber 25 Typen zu gleiche Zeit scheißen wolln, das hat das noch nie gegeben.
Bei de Kochstelle trifft man sich. Aber das ist immer das gleiche Gelaber. Zun Beispiel, daß der alte Scholl schon seit ne Woche in' Bett liegt, tut nie 'n Schritt vor de Tür, läßt sich aber jeden Morgen zwei Sixpacks mitbring', schwillt von Tag zu Tag bischen mehr an von all de Flüssigkeit und sieht aus, als ob er jeden Moment platzen will. Und wird höchste Zeit, daß man ihn wegbringt ins Krankenhaus.
Oder Bröchers, der grade wieder aussen Knast zurück ist, hat wieder ein' kleben und macht Putz, daß de Zimmer hier noch lütter sind als de Zelln in Santa Fu, da kriegt man ja Platzangst, da wird man ja verrückt.

Und Evers denn: der einzige, der Platzangst habn muß, ist der alte Scholl, wegen all den Bier und weil er nie pinkelt. Aber keiner lacht mehr, weil Evers den Witz schon 10 000 mal gebracht hat.
Manchmal, wenn ich abends in' Bett lieg, denn hört man durche dünne Wände das Stöhn' vonne Nachbarn — das kriegst du hier ja alles mit — oder das Husten morgens so um vier, fünf. Da ist ja keine Minute Ruhe. Bis 12, 1 ist das ja ganz schlimm. Da habn se alle ihre Fernseher laufen, und viele vonne Alten sind schwerhörig. Und de Jüngeren machen das oft, um de Nachbarn von' Schlaf abzuhalten. Der Watzlawick zun Beispiel, der ist ja sowas von aggressiv. Wenn ich mir zun Beispiel an' Sonntag was braten will und hab meine Pfanne aufgesetzt mitte Karbonade drin, schön in Ei und Semmelbrösel gewälzt, denn kommt der Typ und stellt so'n Pott daneben, wo er seine alten Baumwollsocken drin auskocht. Setzt den Pott auf, der bis oben voll Wasser ist, und sagt ganz frech:
»Die müssen jede Woche ausgekocht werden, damit der Fußpilz kaputtgeht.«
Und ich guck, weil, wenn das bei den an zu kochen fängt, das kocht denn doch über, und de ganze Fußpilz-Brühe in meine Pfanne rein. Ich guck, ob noch ne andere Flamme frei ist, ist aber nicht. Er natürlich: grinst mich an und stellt de Flamme auf 3 und haut ab. Ich mein, warum muß der ausgerechnet seine Socken kochen, wenn ich meine Pfanne aufsetz! Der will mich doch fertigmachen! Und wenn ich was sag, tut er unschuldig. Den alten Menges hat er auch schon mal zusamm'geschlagen, als der das mitte Socken gesagt hat. Hat ihn einfach ins Gesicht, daß er seine Zahnprothese stückweise ausgespuckt hat. Manchmal denk ich, die vonne Stadt aus setzen hier de Staatsknetezieher rein, damit die sich hier gegenseitig tothaun.
Kann ich mich noch genau an erinnern, als der Beamte damals: »Ja, wir habn was für Sie, eine kleine Einzimmerwohnung... mehr brauchen Sie ja auch nicht, und jeden Tag kommt ne Reinigungskraft, die macht Ihn' sogar die Betten. Bettwäsche und Handtücher werden auch gestellt. Wie in so'n 4-Sterne-Hotel ist das, und Gesellschaft habn Sie auch.«
Und denn hat er so richtig gemein gegrinst:

»Sie sind ja ein wahrer Glückspilz! Zu beneiden sind Sie!«
Also, in ein' Ton, als ob er sagen wollte:
»Dich drehn wir schon durchen Wolf!«
Ich hab nix gesagt. Denn das weiß man ja, wenn die wolln, könn' se dich fertigmachen.
Wie Hauslapp aussen ersten Stock, der hat zu den Typ gesagt:
»Wenn Sie das Ledigenheim so Klasse finden, denn ziehn Sie da doch ein, und mir geben Sie Ihre Wohnung!«
Da habn de Beamten auch so komisch gelacht, aber paar Tage später, in so'n Supermarkt, da kommt so'n Sack auf Hauslapp zu, als er grade durche Kasse durch war, und sagt:
»Kommen Sie doch mal bitte mit ins Büro!«
Hatten die den Hauslapp jedenfalls ne Dose Ölsardin' inne Tasche von seine Jacke reingeschmuggelt, und habn se ihn wegen diese eine Dose rangekriegt. Mit Prozeß und alles. Heute ist Hauslapp froh, wenn er 'n Wochenplatz in' PIK AS kriegt.
Wenn ich wegen irgendwas nachen Sozialamt muß, da sag ich nix.
Ich bin doch nicht verrückt und reiß mich rein!
Aber Gerdoff, der hat mir mal erzählt, was da läuft.
»Da hat 'n normaler Laie ja überhaupt keine Ahnung von«, hat Gerdoff erzählt. Wenn die zun Beispiel sagen, so ganz unschuldig:
»Ach, nehm' Sie doch bitte Platz!« und man setzt sich auf den Stuhl, da weiß keiner, daß anne Sitzfläche von den Stuhl so ganz feine Drähte angebracht sind, die man mit bloße Augen gar nicht sehn kann. Aber die häng' mit Meßinstrumente zusamm', die so ähnlich wie 'n Lügendetektor funktioniern, bloß viel genauer. Da werden denn de Hirnströme gemessen, sozusagen de Gedanken. Und unter ihrn Schreibtisch, da ist so'n klein' Fernsehschirm, da könn' de Beamten denn ganz genau mitkriegen, was du denkst.
Neulich bei mir auch!
Fragt der Beamte:
»Na, wie geht's Ihn'?« und guckt dabei so komisch runter.
»Ach«, sag ich, »muß ja.« Und denk dabei natürlich: 'Lenk dich ab! Du mußt dich jetzt auf was anderes konzentriern!'
»Wie gefällt Ihnen die Arbeit in Ohlsdorf?«

»Ach gut, immer anne frische Luft«, sag ich.
Stimmt ja auch.
»Schön«, sagt der Beamte.
Und konnt ich wieder gehn. Hatte den Test durchgestanden. Aber ich war schweißgebadet.
Denn grade in sonne Momente, da überfalln ein' so miese Gedanken: 'Ach, ist doch Scheiße! Das ist 'n miesen Ausbeutungsjob! 1,50 de Stunde! Wo gibt's denn sowas! Das ist ja kriminell!'
Aber ich hab das Schott dichtgemacht. Abgeschottet. Sonne Gedanken darf man gar nicht erst reinlassen in sein' Kopp. Und besonders nicht auffen Sozialamt, wo die ein' testen!
Überhaupt die!
Die solln ja überall ihre Agenten und V-Leute habn! Inne Flure von' Sozialamt, wo de Arbeitslosen hocken, de Langzeitler, da habn se anne Decke so lütte Kameras eingebaut. Mitten bloßen Auge gar nicht zu sehn. Oder höchstens, daß man denkt, daß da 'n Fleck ist anne Decke. Kommt vielleicht davon, daß da so'n Flunki sein Kaugummi gegengespuckt hat in seine Aggressivität. Ist aber de Linse vonne Kamera! Die Kunden werden nämlich gefilmt. Für de Beamten. Und wenn se da so'n Typ in' Film sehn, der sich immer auffe Lippe beißt oder mitte Fingergelenke knackt oder kaut sich de Nägel ab, das ist denn 'n Zeichen dafür, daß er fertig ist.
Vollkomm' fertig.
Den Typen holn se denn rein und sagen, daß se was für ihn habn, nicht grade 'n Job, aber doch sonne Kleinigkeit nebenbei, und wird auch nicht als Verdienst angerechnet.
Jedenfalls muß er denn seine Kollegen beobachten. Und de kleinste Auffälligkeit muß er de Beamten melden.
Manchmal hab ich das Gefühl, daß der Knax so einer ist. Den habn se auf mich angesetzt. Daß er mich beobachtet.
Aber ich nehm mich zusamm'. Von mir kriegt der nix raus.
Wenn er mich trifft und fragt:
»Na, was macht de Kunst?« Da wartet er doch bloß, daß man sagt:
»Ach, Scheiße! Alles ist Scheiße! De ganze Gesellschaft! Und an erster Stelle das Sozi-Amt. Da müßte man mal ne Sprengladung reinschmeißen!«

Denn bist du dran! Denn macht er sofort Meldung. Aber daß se dich hinterher offiziell vorladen und von dir wissen wolln, was du über se gesagt hast: nix! Die habn da ganz andere Möglichkeiten!
Wenn du zun Beispiel über ne Straßenkreuzung willst, kommt da mitmal 'n PKW und nagelt dich um: Verkehrsunfall! Pech gehabt! Kommt schon mal vor! Da muß wohl was anne Bremse nicht funktioniert habn...
Oder du probierst in' Kaufhaus an so'n Werbestand ne neue Kaffeemarke. Und mitmal kippst du um. 'ne Kaffeeallergie! Tz! Tz! Tz!
Und schon ist der Notarztwagen da. Denn gehst du ab nache Alsterdorfer Anstalten. Da gibt das sonne Spezialabteilung. Da wachst du erst gar nicht wieder auf. Die habn so viele Möglichkeiten.
Aber sag mal was, denn bist du erledigt.
Wie der Ernst Pechstein.
Der ist hin zu de Polizei und hat zu de Beamten, daß er verfolgt wird. Zwei Typen mitten Hypnotisierapparat, die lenken ihn, wie man so'n Modellauto lenkt, drahtlos. Da muß er machen, was die wolln. Wenn die ihn zun Beispiel den Befehl geben, er soll zu den nächsten, den er auffe Straße trifft, 'altes Arschloch' sagen, denn muß er das tun. Auch wenn er das gar nicht will. Das machen die alles mit ihrn Sender. Da ist er wie ne Marionette.
Hat er de Beamten alles ganz ruhig erzählt. Die habn zugehört. Zun Schluß hat er gesagt:
»Wolln Sie das nicht zu Protokoll nehm'? Wolln Sie nicht ne Anzeige aufnehm'?«
De Beamten: »Klar! Natürlich wolln wir das! Wir nehm' das alles sehr ernst!«
Er: »Aber ich hab nicht den Eindruck!«
De Beamten: »Doch! Doch! Das ist auch alles sehr wichtig! So wichtig, daß wir das gar nicht bearbeiten können. Bearbeiten dürfen! Deshalb rufen wir jetzt mal unsere oberste Dienststelle an. Daß die jemanden losschicken, der sich mit Ihn' befaßt.«
Er: »Vielleicht James Bond?«

De Beamten: »Klar! Wen denn sonst! James Bond persönlich! Er wird gleich hier sein!«
Aber James Bond ist nicht gekomm'. Dafür drei Typen ausse Klapse Ochsenzoll. Einer hat den Pechstein gleich ne Spritze in' Arm gehaun. De beiden Kollegen habn den Pechstein festgehalten.
Denn habn se ihn inne Einzelzelle gepackt. Danach habn se sein Gehirn mit Elektrizität zertrümmert.
Das nenn' se 'Krampfbehandlung': Aber da wird bloß das Gehirn zermatscht. Daß man nix mehr weiß, nicht mal, wer man selber ist. So wird man unschädlich gemacht. Die arbeiten doch alle zusamm'!
Aber mich kriegen se nicht!
Ich paß auf.
Das heißt natürlich: höchste, allerhöchste *Konzentration*! Schon de kleinste Auffälligkeit kann dich allemachen! Nachts in' Bett kommt denn natürlich de Angst hoch, da muß man besonders aufpassen! Die habn nämlich überall ihre Wanzen eingebaut. Und wehe, du sprichst in' Schlaf!
Wenn du dir de Säcke anguckst, die in unsern Ledigenheim wohn', diese Kerle, das ist doch alles Schrott! De Versager und Ausreißer aus ganz Hamburg bring' se hierher!
Komisch, nicht?
»Ach«, sagen die auffen Sozialamt, »sehen Sie mal, Ihre Wohnung ist doch viel zu groß für Sie. Drei Zimmer! Was wollen Sie mit drei Zimmern? Damit kommen Sie doch nie klar! Sie waren doch auch schon mal in nervenärztlicher Behandlung. Ja, steht alles in Ihren Papieren. Wir haben natürlich mit den Ärzten gesprochen. Und die haben uns geraten: 'Nicht überfordern! Jede Überforderung ist Gift für ihn. Und die große Wohnung ist eine Überforderung für den Mann. Damit treiben wir ihn sofort wieder in die *akute Phase*!' Ja, und das will doch keiner, daß Sie wieder in die *akute Phase* hineinrutschen. Das ist doch eine Qual für Sie, die *akute Phase*!«
Und schon sitzt er bei uns.
Alles Irre!
Und wenn das letzte Zimmer mit'n Irren besetzt ist, denn wird in einer Nacht ein Ende gemacht.

In einer Nacht!
Ein Ende gemacht!
In welcher Nacht?
Das wird bekanntgegeben. Natürlich verschlüsselt. Die arbeiten selbstverständlich mit Geheimcode. Wenn dreimal innerhalb von drei Wochen das Lied im Wunschkonzert gebracht wird:
'In der Nacht,
in der Nacht,
wenn die Liebe erwacht...' Denn geht's los! Das ist nämlich das Zeichen. Denn komm' die nachts um drei mit drei Mann, schließen unten den Hauseingang auf, schleichen die Treppen hoch, komm' in jedes Stockwerk.
Was sie machen?
Sie schließen unsre Zimmer zu, ziehn den Schlüssel ab, und denn gießen se de Schlüssellöcher mit Blitzzement dicht. Unten den Hauseingang auch. Alle Türen. Kommt keiner raus, kommt keiner rein!
Fenster aufreißen? Klar könn' wir de Fenster aufreißen, könn' schrein und mit Hände und Füße Zeichen gebn.
Aber leider kriegt keiner das mit.
Denn zwischen unsern Heim und den großen Parkplatz ist 'n Fleet. Da kommt man nämlich nicht ran an unser Gebäude. Und wer auffen Parkplatz parkt, der guckt sowieso nicht rüber. Und wenn er doch guckt und sieht uns da zappeln, denkt er: 'Ach, die Bescheuerten von' Wohnheim! Die könn' doch weiter nix als Blödsinn machen!'
Verstehn kann er nämlich nicht, was wir schrein. Ist zu weit weg. Und unsre Hampelein findet er vielleicht sogar witzig. Und wenn er gute Laune hat, winkt er uns zu. Und schon nach eine Woche sind wir verhungert. Oder man vergiftet einfach das Wasser, das bei uns ausse Hähne kommt.
Die Reinmachefrau?
Der müßte das doch auffalln?
Ich schrei mich weg: die ist doch froh, wenn de Tür unten zu ist. Braucht se nicht zu feudeln. Bezahlt kriegt se ja trotzdem. Kriegt ihre Pauschale. Ob se nu was macht oder nicht.

Die von' Supermarkt

Kennst du den Supermarkt Ecke Großneumarkt/ Neuer Steinweg?
Wenn ich da so kurz nach neun Uhr antanz, sitzt immer die dicke Blonde anne Kasse. Der weiße, ärmellose Kittel, den se anhat, ist spitz ausgeschnitten, und bein Sitzen geht der Ausschnitt so'n bischen aussenander. Ich glaub, unter den Kittel trägt sie nix. Wenn man nicht auffen Ausschnitt guckt, ist das noch schlimmer. Denn guckt man natürlich dahin, wo de bloßen Arme aussen Kittel komm'. Die beiden Impfnarben sehn aus wie Augen, die dich hypnotisiern wolln.
Da ist Ausschnitt schon besser!
Sie kennt mich schon. Und wenn ich mit meine beiden Joghurtbecher vor ihr steh, sagt sie:
»Na? Mal wieder 'n Großeinkauf getätigt?«
Und ich fang jedesmal an zu stottern:
»Wenn man allein ist, braucht man nicht viel.«
Ich kauf nämlich bloß de Joghurts in diesen Supermarkt. Alles andere, was ich so brauch, kauf ich bei ALDI.
»Sie sind ja bescheiden«, lacht sie und guckt mir tatsächlich auf den Hosenschlitz. Ich glaub, das nimmt se sich bloß raus bei de Kunden, wenn der Laden noch ziemlich leer ist. Auf mich hat se das besonders abgesehn.
Jedesmal nehm ich mir vor: ach, wenn sie wieder anfängt: gar nicht reagiern! Weggucken! Bloß nicht auffe Oberarme gucken! Und auch nicht auffen Ausschnitt!
Aber da komm mal gegenan!
Erstmal, wenn ich anne Kasse steh, fängt sie an mit ihrn Luftholn. Ganz tief holt sie Luft, daß ihr Kittel vorne noch mehr aussenandergeht und man da noch tiefer reingucken muß.
Und denn stöhnt sie bein Atmen. Nicht laut, aber doch so, daß ich das hörn muß. Da kannst du mir nicht erzähln, daß das keine Absicht ist! Ich weiß auch nicht, wie, aber sie schafft das jedesmal, daß ich da hingucken muß: Arme! Ausschnitt!
Wie ein Zwang ist das!
Immer wieder nehm ich mir vor, auf de Schilder mitte Dosennahrung für Hunde zu gucken, wo das Regal gleich neben de

Kasse steht, aber ich bring das nicht! Und de Alte stiert auf meine Hose, wo man alles ganz deutlich sehn kann.
Das ist wie bei de Glücksspieler, die de ganze Knete inne Schlitze vonne Spielautomaten schieben und nicht eher Ruhe geben, als bis de letzte Kröte weg ist. Sie wissen, daß sie sich kaputtmachen, aber gehn immer wieder hin.
Und ich kleb an diese Alte wie ne Fliege an' Leimfliegenfänger.
Verfluchte Scheiße!
Sowas macht ein' schon fertig!
Heute morgen auch wieder. De Joghurts liegen in' Korb. Sie sitzt anne Kasse und guckt... weißt ja, wohin. Der Laden ist total leer. Ich hör, wie sie wieder so komisch an zu atmen fängt: 'Hüh, häh! Hüh, häh!' Mir bricht der Schweiß aus, wie ich auffe Kasse zulatsch.
»Na, wieder 'n Großeinkauf getätigt?«
»Man... braucht nicht viel, wenn man allein ist...«
»Hüh, häh! Sie... hüh, häh... Sie sind allein? Hüh, häh! Hüh, häh!«
Und da merk ich, wie das um mein' Reißverschluß rum ganz warm wird. Diese verfluchte Sau! Lacht auch noch!
»Sie müssen nicht so viele scharfe Sachen essen! Vielleicht sollten Sie ganz auf Joghurt umstelln!«
»Bitte noch ne Plastiktüte!«
Die halt ich mir vorne vor, als ich nach Hause geh.
Um 11 Uhr bin ich in Ohlsdorf.
'Hier hast du deine Ruhe', denk ich.
Schön wär's!
Meine Kapelle ist besetzt.
'n einfacher schwerer Sarg. Drei, vier Kränze. Nicht eine Schleife.
Und der Sarg ist zu,
Wenn da keine Angehörigen und Freunde sind, die mitkomm', geht de Beerdigung 'in aller Stille' über de Bühne. Der Pastor macht bei sonne Veranstaltung' auch nix weiter her. Wozu auch? Angehörige sind ja doch nicht da. Und de sechs verkleideten Rentner, die neben den Sargwagen herzockeln, sind schon lange allergisch gegen Grabreden. Der Typ auf sein' klein' Bagger, der da auf wartet, daß er den Erdhaufen na-

chen Grab reinschieben kann, guckt dauernd auffe Uhr. Sonne Beerdigung dauert nie länger als fünf Minuten. Und de Kränze hat der Gärtner auch schon wieder abgeholt und anne nächste Leidtragende verscheuert.

Naja, ich will grade wieder raus ausse Kapelle, da hör ich was. Atmen!

Genau die Geräusche wie de Blonde von' Supermarkt!

'Fängt das hier auch schon an?' denk ich und glitsch auf den Sarg zu.

So'n Gefühl, als ob ich auffe Rolltreppe steh, die mich zu den Sarg hinzieht. Als ich da bin, hab ich auch schon den Sargdekkel bein Wickel.

Ich ruckel.

Und denn springen de Schrauben regelrecht raus. Ich heb den Deckel hoch.

Da liegt ne Frau drin.

So um de Dreißig rum.

Hat de Augen offen.

Guckt mich direkt an.

Und atmet: 'Hüh, häh! Hüh, häh!'

Und denn seh ich: die hat ja gar nicht ihre Hände gefaltet! Wo hat die denn überhaupt ihre Hände? Und nu schnall ich das: *die hat ja überhaupt keine Hände!* Und Arme auch nicht! Die Arme sind regelrecht aussen Schultergelenk gerissen!

Ich laß den Deckel falln, und raus ausse Kapelle!

Draußen krieg ich 'n Hustenanfall.

Lüders kommt: »Hast du Asthma, Putzi?«

»Weiß nicht... mir geht's nicht gut...«

»Denn geh man nach Haus und hau dich inne Falle. Ich sag bei de Verwaltung Bescheid.«

Als ich grade inne Rehhoffstraße einbiegen will, krieg ich einen Wahnsinns-Appetit auf Joghurt.

Klar, die Alte hockt wieder anne Kasse und fängt gleich an zu grinsen, als sie mich sieht.

Ich tu so, als kann sie mich gar nicht damit mein'. Heute will ich mich mal nicht weichkriegen lassen. Und ich merk, daß ich das diesmal schaff!

Kein Druck auffe Brust wie sonst!

Kein Schweiß vorn Kopp!
Die wird sich wundern, die Alte, wenn sie denkt, sie kann mir mir machen, was sie will!
Ich muß lachen.
Genieß das richtig, daß ich mich inne Gewalt hab. Guck in de große Kühltruhe rein, wo de gefrorenen Hühner liegen und de Puten und de Lammkeuln. Und denn seh ich mitmal: *alles voller Arme!* Menschenarme! Paarmal durchgesägt, aber klar zu sehn!
Natürlich ohne Hände. 'Mit' würde das ja auch den Bescheuertsten auffalln.
'Polnische Hauskaninchenteile' steht auffe Packung.
Und in den Augenblick weiß ich Bescheid: bei allen weiblichen Toten, die 'in aller Stille' nach unten gehn, sind de Arme abgesägt! Fällt ja auch nicht auf, wenn der Sarg zu ist. Durch Zufall bin ich da drauf gekomm'!
Aber warum machen die das? Wo wir doch schon den Rindfleischberg habn!
Und dann weiß ich: *das ist ne Delikatesse*! Und 'Polnische Hauskaninchenteile' ist das Stichwort für de Feinschmecker!
Kannibaln sind das!
Und die Alte anne Kasse macht da mit!
Und wenn ein Kunde Lunte riecht, setzt sie den unter Psychoterror!
Mitmal hab ich furchtbare Kopfschmerzen und weiß nix mehr.
Als ich wieder zu mir komm, lieg ich auffen Stapel von volle Windelkartons. Der Leiter von' Supermarkt, so'n älterer Kerl mit krumm' Rücken, und die Alte vonne Kasse stehn neben mir.
»Sie sind wohl über was gestolpert und hingefalln«, sagt der Leiter.
Und die Alte: »Sie sind ganz schön mitten Kopp aufgeknallt.«
»Geht's Ihnen jetzt besser... oder soll ich 'n Krankenwagen anrufen?«
»Nee«, sag ich, »mir geht's besser...«
Bischen wacklig steh ich denn doch auffe Beine. Aber nach Haus schaff ich das. Da hau ich mich erstmal inne Falle.
Und denn stell ich mir Maggie Thatcher vor, bloß mit schwarze

Strappse und schwarze Netzstrümpfe an, und denn fang ich an... na, du weißt schon.
Danach fühl ich mich wieder o.k.
Jeder hat mal 'n Blackout.
Sogar Bundeskanzler.

Ilja Rogoff

Ich bin ja sensibel.
»Wenn man sensibel ist«, sagt der Psychologe vonne Ambulanz, »bildet man sich oft was ein.«
Das stimmt!
Der Werftler zum Beispiel hat jeden erzählt, daß er der Sohn von Hitler ist.
Oder Dwengler: daß nachts zwei Außerirdische an sein Bett gekomm' sind, als er geschlafen hat. Und habn ihn ne Betäubungsspritze verpaßt. Und denn habn se sein' Kopp aufgesägt und da so'n klein' Sender reingesetzt. Und durch diesen Sender könn' se ihn direkt Gedanken eingebn.
Wenn man H 2 nimmt, das sind de roten Tabletten, denn bildet man sich nichts mehr ein.
Denn ist man wie de normaln Menschen. Bloß vielleicht 'n bischen müder.
Wenn man zun Beispiel ne juckende Stelle an' Kopp hat und will de Hand hochnehm' und sich kratzen, denn geht das nicht, weil de Hand aus Stahl ist, und in' Knie ist 'n Magnet, der de Stahlhand festhält. Das kommt vonne Nebenwirkung'. Zun Schluß juckt das an' ganzen Körper, und man kann sich nicht kratzen. Darum hab ich, als ich bein letzten mal auffe Ambulanz war, de Pilln abgelehnt.
»Nee, danke! Diesmal nicht!«
»Wir können H 2 nicht so mit einmal absetzen. Dann läuft Ihnen nämlich alles wieder aus dem Ruder«, hat der Psychologe gesagt.
»Ich nehm aber de H 2 nicht!«
»Das ist doch nicht auf Ihrem Mist gewachsen! Haben Sie vielleicht mit dem Zivi Mahlke gesprochen?«

»Nein, mit Frau Süßmuth, unse ehemalige Gesundheitsministerin.«
»Aha, und wo haben Sie mit der gesprochen?«
»In Café Keese, da ist die immer.«
»Schön, da kann man nichts machen. Lassen wir's also mit den H 2. Aber ich hab hier zwei Vitaminpillen. Die können Sie unbeschadet nehmen.«
»Vitaminpilln? Glaub ich nicht, daß das Vitaminpilln sind.«
»Es sind auch eher Knoblauchpillen.«
»Damit ich stink wie was!«
»Die sind völlig geruchlos.«
Naja, gegen geruchlose Knoblauchpilln ist nix zu sagen. Aber nu hör mal zu, was mir nach diese Pilln passiert ist: ich geh also den Eppendorfer Weg runter, und kommt mir ne alte Frau entgegen. Schiebt 'n Einkaufswagen. Und in den Wagen hockt 'n dicker Dackel. Die Frau glotzt mich an, und als ich grade vorbeigehn will, grinst se und sagt:
»Gut'n Tach, Herr Rogoff!«
'Rogoff', denk ich noch, 'Rogoff? Die muß mich mit jemand verwechselt habn.'
Aber denn kommt da so'n alter Herr an zwei Handstöcke. Pustet und pfeift vor Anstrengung, aber als ich an ihn vorbei will, sagt er:
»Hallo, Herr Rogoff!«
'Wer ist denn bloß dieser bescheuerte Rogoff?' denk ich. Und denn fällt mir ein: der Typ vonne Knoblauchreklame! Der 120jährige rumänische Ziegenhirte, der von' regelmäßigen Knoblauchfressen so alt geworden ist! Der mitte abstehende Ohrn und de grauen Stoppeln über de niedrige Stirn, der mitten Pergamentpapiergesicht!
Und mit diesen Typ...
Ich renn zur nächsten Ladenscheibe und tatsächlich: genau wie der Typ vonne Knoblauchpillnreklame, genau die Fresse!
Ich nix wie zurück inne Ambulanz.
Der Psychologe zieht sich grade seine Windjacke an, will wohl Feierabend machen.
»Äi, hierbleiben!« schrei ich.

»Was ist denn mit Ihnen los, Herr Rogoff?« fragt der Psychologe, »wie kommen Sie überhaupt hierher?«
Da tret ich ihn mit volle Wucht inne Eier.
Aussen Stand!
Als er wieder zu sich gekomm' ist, hat er mir gleich de H 2 gegeben.
Laß se Nebenwirkung' habn, aber ist immer noch besser als de Wirkung vonne Knoblauchpilln.

Die sozialn Beziehung' laufen Ia

Meistens bin ich nicht gewalttätig.
Bin ich froh!
Renk aus meine frühere Gruppe, den ich manchmal noch auffe Ambulanz treff, der ist gewalttätig. Hat seine ganze Wohnungseinrichtung zerkloppt: Wohnzimmerschrank, Sessel, Kautsch, Fernseher. Danach das Schlafzimmer: Kleiderschrank, Frisierkommode, Doppelbett, Nachtschränke. Denn de Küche: Oberschränke, Unterschränke, E-Herd, Spülmaschine, Kühlschrank, Mikrowellenherd. Nach all diese Aktion' hat er zun Schluß noch de Kraft gehabt, seine Frau übern Balkon zu werfen. Dabei war er Beamter.
Überhaupt nicht körperlich träniert.
Hat auch kein' Sport gemacht.
Nichtmal gekegelt.
Und denn diese Energie!
Ach ja, und den Hund — 'n Spitz hatten die — hat er mitten Druckkochtopf regelrecht plattgehaun!
Das gibt auch welche, die wenden Gewalt gegen sich selber an: reißen sich, Glied für Glied, de Finger ab. Hacken sich mitten Küchenbeil inne Kniescheibe.
Sowas mach ich alles nicht.
Ich bin eben nicht gewalttätig.
Ich bin harmlos.
Und darum sitz ich auch nicht in Ochsenzoll. Bei mir ist sowieso alles durchen Schock ausgelöst worden.

Was aber nu genau da gelaufen ist mit den Schock, das... also, da hab ich 'n Loch. Ne Lücke!
Ganz tief verdrängt hab ich das, sagen de Ärzte, und wenn Herr Doktor Altbiggel 'n Termin frei hat, denn will er das mit mir wieder rausholn.
Anne Oberfläche ziehn.
»Das ist wie ein Wrack, das wieder an die Oberfläche gezogen wird«, hat er gesagt, »und ich bin dabei der Kran. Und im Innern des Wracks liegen lauter Skelette...«
Das war mir richtig unheimlich, wie er das mitte Skelette gesagt hat.
Ich mein, in Grunde ist das ja gar nicht so dringend, daß er das alles rausholt. Ich komm doch ganz gut klar. Der Doktor Altbiggel sieht das anders.
»Ihre sozialen Beziehungen sind noch nicht wieder im Lot.«
Von Dr. Altbiggel erzählt man sich, daß de 'sozialen Beziehungen' vonne Patienten sein Hobby sind. Erst wenn jeder ausse Ambulanz geheiratet hat und vielleicht sogar 'n Kind auffe Knie schaukelt, gibt er Ruhe.
Ach ja, wollt ich von meine sozialn Beziehung' erzähln. Und wie das damit so läuft.
Ich hark grade bei Kapelle vier, als mir einfällt: 'Ach, ist ja wieder mal Zeit!'
Lehn ich also meine Harke gegen ein' Grabstein, hol mir de Schachtel mit H 2 ausse Tasche und schluck zwei vonne Vögel.
Und da sagt da ne Stimme hinter mir:
»Wahnsinn?«
»Sowas Ähnliches«, sag ich.
Ich dreh mich um. Ne Frau!
Muß so um de 40 sein. Könnte aber auch jünger. Ist schwer zu schätzen.
»Suchen Sie 'n bestimmtes Grab?« frag ich, »vielleicht kann ich Ihn' helfen?«
»Ach nein, ich such hier kein Grab. Ich gehe bloß ein bißchen spazieren.«
»Ausgerechnet auffen Friedhof?«
»Warum nicht? Die Ruhe hier... Und als Kontrast: die Bestattungen mit den weinenden Menschen. Da denk ich immer: wie

gut, daß ich allein leb, da bleibt einem so ein schrecklicher Schmerz erspart.«
»Stimmt. Ich leb auch allein.«
Sie guckt. Denn sagt sie:
»Sie halten mich jetzt sicher für sehr emanzipiert, aber ich sag das mal so ganz offen: Sie sind allein, ich bin allein, wollen wir nicht heute zusammen Abendbrot essen? Ich weiß, als Frau macht man keine Vorschläge dieser Art, aber ich habe keine Hintergedanken dabei...«
»Wirklich nicht?«
»Na... ganz ehrlich, eigentlich schon. Sie gefallen mir nämlich... Sie erinnern mich irgendwie an Dieter Borsche«, sagt sie.
»Aber das sag ich Ihn' gleich«, sag ich, »ich hab kein Auto. Ich hab nichtmal 'n Fahrrad. Und einladen kann ich Sie auch nicht, weil ich vonne Sozialknete leb.«
»Nein, Sie sollen mich auch nicht einladen.«
»Und ich wohn in so'n Ledigenheim, wo eigentlich keine Fraun reindürfen, das heißt, wenn man den Pförtner 'n Sixpack hinstellt, drückt er schon mal 'n Auge zu. Aber ist auch ziemlich hellhörig bei uns. Das drückt auffe Stimmung.«
»Ich lade Sie zu mir ein.«
»Und wo wohn' Sie?«
»Wir fahren hin, sobald Sie Feierabend haben. Ich hab einen Wagen.«
Naja, 'n POLO hatte sie. Genügt ja auch.
Die Wohnung: Ia! Ne Zweieinhalb-Zimmer-Wohnung.
Tja, was soll ich noch weiter erzähln: sie war geschieden. Ihr Mann ist zu ne Arbeitskollegin von sich gezogen. Aber er muß Unterhalt bezahln. De Kinder — ein Junge, ein Mädchen — sind längst aussen Haus, 21 und 22 Jahre alt. Beide in' Beruf. Sie hat das lange nicht verkraftet mitte Scheidung. Hat Tabletten genomm'. Ist da aber durch ne Selbsthilfegruppe von ab. Denn hat se, morgens auffen Fischmarkt, 'n Typen kenn'gelernt. Hat da 'n Obststand gehabt. Aber war 'n Alkoholiker. Das ging nicht mit den.
Der hat se auch ausgenutzt.
Ihr Konto total leergeplündert.
Den mußte se durch de Polizei ausse Wohnung werfen lassen.

Danach hat se nochmal 'n Typen kenn'gelernt. In' Landungsbrücken-Café.
Das war auch 'n Alkoholiker.
Se hat immer Pech gehabt mitte Männer: alles Alkis.
Vier Stunden lang hat das gedauert, bis se mir alles erzählt hat.
Mir sind schon immer de Augen zugefalln.
»Ach Gottchen«, hat se da gesagt und mir 'n ordentlichen Kaffee gemacht. Stand ich wieder voll auffe Matte.
»Ich bin kein Alkoholiker«, hab ich gesagt, und sie:
»Ja... erzählt mal was von dir.«
Sie hat mich geduzt.
Hat das gar nicht gemerkt. Erst als ich gefragt hab, wie se mit Vornam' heißt. Und sie:
»Ach ja, wir duzen uns! Dabei bin ich nicht so eine, die gleich vertraulich wird. Aber mit Ihnen ist das so, als ob ich Sie schon jahrelang kenne.«
Hat se mich wieder gesiezt.
»Ach was«, sag ich, »nu sind wir schon mal dabei, denn könn' wir auch Brüderschaft trinken.«
Sie hat sich richtig auf mich raufgeschmissen. Da hab ich denn auch... aber mitte BHs ist das immer dasselbe: ich krieg und krieg de Dinger nicht auf. Und sie:
»Weißt du was: wir gehn ins Bettchen. Da ist das bequemer...«
Sie hat sich ganz schnell ausgezogen.
Das ging überhaupt alles sehr schnell.
Vielleicht kam das auch von' Schreck.
Weil: sie hat nämlich furchtbar laut geschrien:
»*Ist das schöna!*
Oh, ist das schön!
Ich hab schon gar nicht mehr gewußt,
wie schön das ist«!
Schön, aber schnell.
Naja, sie hat mich denn noch zur U-Bahn gebracht.
Ich hab mich mit ihr verabredet.
Übermorgen wolln wir uns wieder treffen.
Zun Abendbrot bei ihr.
'Die ganze Sache hat fünf Stunden gedauert', hab ich nachgerechnet, als ich inne U-Bahn saß.

Also, was ich sagen wollte: de sozialn Beziehung' laufen Ia bei mir mit H 2.
Sind total normal.
Aber gleichzeitig viel verrückter als alle meine Einbildung' zusamm', die ich hab, wenn ich nicht auf H 2 bin.

Vater

Auf manche Grabsteine, da sind so kleine ovale Porzellanbilder angebracht mitte Gesichter vonne Verstorbene auf, als sie noch an Leben warn.
Frauen mit Stehkragenblusen und hochgesteckte Haare.
Männer mit Stehkragenhemden und Poposcheitel.
Heute macht man das nicht mehr mitte Bilder auffe Grabsteine.
Engel hat man auch nicht mehr.
Von mein' Vater habn wir gar kein Foto gehabt.
Nichtmal 'n Hochzeitsfoto.
Nichtmal 'n Urlaubsfoto.
»Er hat sich nicht fotografiern lassen«, hat meine Mutter gesagt, »da war er komisch. Wenn ihn einer fotografiern wollte, ist er abgehaun.«
Ich kann ihn mir heute gar nicht mehr so richtig vorstelln. Dabei war ich schon über sieben, als das passierte mit ihn.
Mein Alter war eigentlich immer pünktlich.
Pünktlichkeit hat er auch von andern verlangt.
Wenn er gesagt hat:
»Ich bin um sechs da«, denn war er um sechs da.
»Die festen Uhrzeiten sind die Knoten in' Netz, was das Leben zusamm'hält«, hat er mal gesagt.
Das hab ich behalten.
Und: daß genau zehn vor sechs de Tür aufgerissen wurde. Und er: sich de Slipper vonne Füße geschleudert, inne Hauspantoffel rein, sich denn erst de Parka ausgezogen und:
»Hallo, Leute, hab ich 'n Hunger!«
Jeden Tag dasselbe.

In der Küche stand immer schon das Abendbrot auffen Tisch. Bratkartoffeln mit Sauerfleisch. Oder: Bratkartoffeln mit Rote Beete. Oder: Bauernfrühstück. Oder: Nudelauflauf mit Zwiebeln und Hack. Oder: Spaghetti mit Fleischsoße.
Spaghetti mit Fleischsoße mocht ich von' Alltags-Abendbrot an liebsten als Kind.
Bratkartoffeln mit Sülze mocht ich nicht. De Sülze war oft ziemlich fett. Das Sauerfleisch auch.
Zu den Festtagen gab das immer Kartoffelsalat mit Wiener Würstchen. Oder: Nudelsalat mit Erbsen, Gurken, Fleischwurst. Alles in Mayonnaise. Da konnt ich mich reinlegen! Zu mein' Geburtstag gab das Pfannkuchen mit Apfelmus.
Hab ich mir immer gewünscht.
Vater mocht das nicht.
»So'n Pampskram!« hat er immer gesagt. Er hat denn Bratkartoffeln mit Rollmöpse gekriegt.
Ich weiß noch genau den Tag. Da gab das Bratkartoffeln mit Sülze und Remouladensoße.
Ich sitz schon an' Tisch.
12 vor 6.
10 vor 6.
Aber de Wohnungstür bleibt zu.
»Ist wohl ne Bahn ausgefalln«, sagt Mutter.
»Oder er muß vertreten«, sag ich.
»Denn hätt er angerufen«, sagt Mutter.
Wir hatten nämlich Telefon, weil die manchmal von Altona aus angerufen habn, daß Vater ne andere Schicht kriegt, weil einer vonne Kollegen krank geworden ist.
Vater war bei de Bahn. Hat in Altona gearbeitet, inne Reparatur.
»Das ist das erste Mal, daß er kein' Bescheid sagt«, sagt Mutter.
Und ich:
»Wolln wir nicht schon anfang'? De Kartoffeln werden ja ganz kalt.«
»Wir warten auf Vater«, sagt Mutter.
De Kartoffeln kriegen inzwischen ne ganz andere Farbe, werden weiß, habn mitmal so blaue Flecke.
»Wenn er kommt, tu ich se nochmal inne Pfanne«, sagt Mutter,

und: »Vielleicht hat der Chef Geburtstag, daß er alle eingeladen hat... Da kann man sich nicht ausschließen. Und wenn er 'n runden Geburtstag hat, schon gar nicht. Und«, sagt sie leise, »wenn er dann zun Telefon will, machen die andern sich über ihn lustig: 'Zu Haus werden sie wohl unruhig, wenn du nicht pünktlich bist!' So sind die...«

Und mitmal geht das Telefon.

Mutter und ich sitzen und könn' uns nicht rührn. Gucken beide auffen Apparat.

»Das Telefon«, sagt sie, »geh mal ran!«

Sonst darf ich nie telefoniern.

Ich nehm den Hörer hoch.

»Ja?« sag ich.

»Du mußt dich mit dein' Nam' melden«, sagt sie.

Ich mach das.

»Ist deine Mutter da?« fragt jemand.

»Ja, die ist da.«

»Kann ich die mal habn?«

Mutter nimmt mir den Hörer ausse Hand:

»Ja?«

Und denn sagt sie ne ganze Zeit nix. Aber sie stützt sich mitte freie Hand auf den klein' Tisch, wo das Telefon auf steht.

Ich schieb ihr 'n Stuhl unter.

»Was ist denn mit ihn?« fragt sie, »warum könn' Sie mir das denn nicht an' Telefon sagen? Warum muß ich denn hinkomm'? Wo, sagen Sie? Langenfelde? Wie komm ich da denn hin? Mitten Personalzug von Altona?«

Sie legt auf.

Denn sagt sie: »Ich muß nochmal weg. Nach Langenfelde... da ist der Betriebsbahnhof.«

»Kann ich mit?«

»Nee, ich soll allein komm'. Da ist was mit Vater. 'n Unfall oder was. Ich soll da jedenfalls hinkomm'. Mitten Personalzug von Altona bis Langenfelde. Ich soll mich bei ein' Herr Hüttner melden. Aber wieso muß ich nach Langenfelde? An' Telefon wolln se jedenfalls nix sagen. Ist wohl was Schlimmes, sonst hätten se ihn ja auch ans Telefon geholt...«

Sie hat ganz leise gesprochen.

Denn hat se sich ihrn Mantel angezogn, hat sich ihre Einkaufstasche genomm' und ist weg.
Warum se wohl de Einkaufstasche mitgenomm' hat?
De Läden warn doch schon längst zu.
Vielleicht aus Gewohnheit.
Sie ist erst nach drei Stunden wiedergekomm'.
'n Mann war mit'. Der hat gesagt:
»Nu nehm' Sie erstmal eine vonne Tabletten, die Ihn' der Arzt mitgegeben hat. Und denn legen Sie sich ins Bett. Sie müssen auch bedenken: Sie haben ja noch ein Kind. Das Leben geht eben weiter. Zu ändern ist ja auch nix mehr. Jetzt müssen Sie erstmal an Ihr Kind denken. Und denn: ist das ja auch schnell gegang'... das ist doch auch 'n Trost: stelln Sie sich vor, da wärn beide Beine ab... oder sowas... Und wenn wir Ihn' irgendwie helfen könn'... vonne Gewerkschaft aus... wir sind immer für Sie...«
Mutter hat nix gesagt.
Hat gar nicht reagiert.
Nichtmal mitten Kopp genickt.
Erst als der Mann weg war, hat sie gesagt:
»Dein Vater... dein Vater war doch immer so genau... immer so pünktlich. Nach den konnte man die Uhr stelln, so pünktlich war der. Ich weiß gar nicht, wann er das... der saß doch Schlag sechs an' Abendbrottisch... Ich weiß gar nicht, wann er das gemacht habn soll, wo er doch so pünktlich... Ich hab da nix von gemerkt.«
Später hab ich denn so nach und nach mitgekriegt, was da gelaufen war: Vater hatte 'n Verhältnis mit ne Frau von ein' Reinigungstrupp. Die in Langenfelde de Züge saubermachen. Feudelgarde. Übern Jahr lang hat er sich jeden Tag mit der getroffen. Ist jeden Tag mitten Personalzug nach Langenfelde raus. Zun größten Rangierbahnhof. Wo de Züge gereinigt werden. Und da ist er auffen Gleis ausgerutscht. Und 'n Güterzug ist über ihn weg.
Der Länge nach: über Bauch, Brust, Kopp.
Er soll ausgesehn habn, daß nix von ihn zu erkenn' war. Deshalb sollte ich auch nicht mit nach Langenfelde.
Die von' Reinigungstrupp war auch da.

»Hat ganz laut geheult... und ist mir auch noch um' Hals gefalln, das Schwein!« hat Mutter mir später mal erzählt, »die hat doch schuld an der ganzen Sache.«
Die von' Reinigungstrupp soll viel älter gewesen sein als meine Mutter und ziemlich dick und hat zwei uneheliche Kinder gehabt. Sie hat rumerzählt, daß Vater sie heiraten wollte.
Aber zu meine Mutter hat er nie ein' Ton gesagt.
Meine Mutter hat das auch nie so richtig glauben könn'.
»Da hätt man doch was gemerkt«, hat sie oft gesagt, »das merkt man doch, wenn 'n Mann fremdgeht! Und wann soll er das auch gemacht habn! Der war doch immer so pünktlich...«
Sie ist da nicht mit klargekomm'.
Alkohol hat er nicht in Blut gehabt. Das ist festgestellt worden bei de ärztliche Untersuchung.
Die Toten werden ja hinterher alle noch untersucht.
Mutter hat mir danach denn alles erzählt, was mein Vater für'n Schwein gewesen ist. Mit sieben wußte ich schon ganz genau Bescheid über das, was da gelaufen ist.
»Die war viel älter und so dick... und hat zwei uneheliche Kinder gehabt. Möcht mal wissen, was er an der gehabt hat... und hier in der Familie war doch auch alles in Ordnung...«
Wie oft hat sie das gesagt, und denn noch:
»Dein Vater war ein Heuchler! Und 'n Schwein!«
Aber auf seine Beerdigung — das war meine erste Beerdigung — da hat sie doch geweint. Hat ganz krumm an' Grab gestanden und geweint. Mitte rechte Hand hat se sich inne Augen rumgerieben, inne linke hatte sie 'n Blumenstrauß, den wollte sie ins Grab reinwerfen. Aber das hatte se wohl vergessen. Der Pastor hat sie immer so angestoßen, daß se de Blumen in das Grab rein, aber sie hat se inne Hand behalten. Die vonne Eisenbahnergewerkschaft sind denn um sie rum. Und einer hat immer wieder gesagt:
»Wenn wir was für Sie tun könn', denn solln Sie wissen, daß wir immer für Sie da sind.«
Erst als de beiden Männer de Erde auffen Sarg raufgeschaufelt habn — damals wurde das ja noch nicht mitten Bagger gemacht — hab ich wie verrückt angefang' zu heuln.
Vater hat 'n Rasengrab gekriegt.

Mutter und ich sind da nie hingegang'..
Eigentlich hab ich an mein' Vater gehang'.
Wenn er gute Laune hatte, hat er gesagt, daß er mit mir mal ne Weltreise machen will.
Mit der Eisenbahn durch ganz Europa. Hat mir denn erzählt, in welche Länder er mit mir wollte. Aber da ist nie was draus geworden. In Wirklichkeit war er ja ein Heuchler.

Onkel Albert

Schon bald nache Beerdigung von mein' Vater kam 'Onkel Albert' zu Besuch. Er war kein richtiger Onkel und man bloß vonne Eisenbahngewerkschaft. Mir hat er gleich mit eine Hand inne Haare rein gefaßt, mitte andere Hand hat er Mutter 'n Blum'strauß gegeben.
»Das tut doch nicht nötig«, hat sie gesagt, und er:
»Aber man weiß doch, was sich gehört.«
Danach hat Mutter immer wieder ganz laut gesagt, wie schön die Blum' sind, und Nelken hat se eigentlich nie gemocht, aber diese findet se schön.
»Nelken halten lange«, hat er gesagt. Und Mutter:
»Aber das hätt wirklich nicht nötig getan.«
Und er: daß er von Blum'geschäft zu Blum'geschäft gelaufen ist, aber die hatten überall unverschämte Preise.
»Die nehm' das vonne Lebendigen.«
Zun Schluß hat er denn diese Nelken gesehn, die in Sonderangebot warn.
»Mutti hat immer gesagt, daß Nelken stinken«, hab ich gerufen, und er hat gesagt:
»Früher habn de Kinder bei sonne Bemerkung' ja 'n Klaps auffen Mund gekriegt, wenn se vorlaut oder taktlos warn, aber heute ist das ja modern, wenn man se reden läßt...«
Und denn ist er mit seine Hand wieder in meine Haare rein. Er hat ganz glibbschige Hände gehabt. Und ich hatte das Gefühl, als wenn er sich sein' Schweiß in meine Haare abwischt und hab den Kopf so zur Seite... Da hat er mich ganz lange angeguckt,

ohne daß seine Augenlider runtergegang' sind, und da hab ich gesehn, daß er keine Wimpern hat.
»Du hast ja gar keine Wimpern«, hab ich gesagt, und Mutter: »Aber Junge, sowas sagt man doch nicht!«
Und er: »Ach was, lassen Sie man, lassen Sie ihn das ruhig sagen, das ist wenigstens ehrlich. Ich bin auch immer für Ehrlichkeit gewesen. Das Beste an ein' Mann ist, wenn er ehrlich ist, nicht?«
Mutter hat den Kopf häng' lassen, weil sie an mein' Vater gedacht hat, der ja nicht ehrlich war.
Ich war sauwütend auf den Scheißkerl. Und er hat mich wieder so starr angeguckt und gesagt:
»Du darfst ruhig DU zu mir sagen und ONKEL. Sag man ruhig ONKEL ALBERT zu mir!«
»Sie sind aber gar nicht mein Onkel!«
»Aber Junge«, hat meine Mutter gesagt, und denn hat sie angefang' zu wein'.
»Mich kannst mit deine freche Bemerkung' gar nicht mein'«, hat der Typ gesagt, »ist ja auch klar, bei so ein' Vater, daß du auf alle Männer sauer bist.«
So ein Schwein!
»Ich will auch nicht weiter störn«, hat er denn zu meine Mutter, »und ich merk ja auch, daß Ihr Sohn aggressiv gegen mich ist, und dabei hab ich ihn nix getan...«
»Bleiben Sie doch noch!« hat Mutter gerufen. Und er:
»Ach, wissen Sie... ich dachte, Sie sind ja jetzt allein... und meine Frau ist ja letztes Jahr an Krebs, es war furchtbar de letzten Monate, sie ist ja zu Hause gestorben. Ich hab se ja gepflegt... furchtbar...«
»Kommen Sie denn mal wieder?«
Da hat er mich wieder angeguckt.
Und Mutter: »So kenn ich mein' Jungen gar nicht, daß er sowas sagt. Er ist eigentlich immer lieb gewesen.«
Da hat der Typ so komisch gestöhnt.
Als er weg war, hat meine Mutter gerufen:
»Warum hast du das gemacht? Sag mir das! Warum hast du das gemacht?«
»Weil er gegen Vater...«

Aber sie ist sofort dazwischengegang':
»Gegen Vater! Gegen Vater! Vater ist 'n Schwein gewesen!«
Da hab ich nix mehr gesagt.
»Und die schön' Blum': guck doch mal! Sind die nicht schön? Ist er extra von Blum'laden zu Blum'laden...«
»Weil er knickrig ist.«
»Du willst ihn ja bloß schlechtmachen! Dabei ist er ein guter Mensch!«
»Das weißt du doch gar nicht!«
»Er hat gesagt, daß er für Ehrlichkeit ist. Und denn hat er seine Frau gepflegt, bis sie gestorben ist! Und wenn er das nächste Mal zu Besuch kommt, denn gehst du raus zun Spieln.«
Gleich an' nächsten Tag ist der Typ wiedergekomm'.
Blum' hatte er nicht dabei, aber ne riesige Tafel Milchschokolade.
Wenn ich was auffen Tod nicht abkann, ist das Milchschokolade.
»Für dich«, hat er gegrinst und sich wieder seine feuchte Flosse in mein' Haar abgewischt, »damit du siehst, daß ich nicht nachtragend bin.«
»Oh, das ist ja ne Riesentafel!« hat meine Mutter geschrien, »ich hab gar nicht gewußt, daß das sonne Riesentafeln gibt! Hast du dich auch bedankt, Junge? Hast du auch schön danke gesagt?«
»Danke!«
»Gott, ist das ne Riesentafel! Wo haben Sie die bloß aufgestöbert?«
»Die gibt's ganz billig bei WOOLWORTH!« sag ich.
Meine Mutter und der Typ habn nix gesagt, habn mich bloß angeguckt.
Denn Mutter: »Du verschwindest jetzt! Los, zieh ab... zun Spieln!«
Und der Typ hat so'n ganz bischen gegrinst und gesagt:
»Meinetwegen kann er ruhig hierbleiben.«
Ich war wohl 'n paar Stunden weg. Wir habn inne Fabrik, die vor zwei Jahrn pleite gemacht hat, die Scheiben eingeschmissen, die noch ganz warn.
Als ich wieder zurück war, hab ich de Wohnungstür aufgeschlossen.

Der Typ ist immer noch dagewesen.
Er und Mutter habn inne Wohnstube gesessen.
»Du kannst dir gar nicht vorstelln, wie das für mich war«, hat Mutter gesagt, »ich wär doch nie auf *sowas* gekomm'! Ich hab doch immer gedacht, bei uns wär alles in Ordnung! Er hat ja auch nie was *gesagt*! Du kannst dir gar nicht vorstelln, wie da mitmal *alles* zusamm'gebrochen ist... sowas an *Vertrauensbruch*!«
Nu warn se schon bein DU!
»Du mußt jetzt langsam das Vertraun zurückgewinn'«, hat da der Typ gesagt. Mit sowas von widerliche Stimme!
So widerlich wie seine Milchschokolade!
Von da an ist er jeden Tag gekomm'. Und ich mußte immer raus zun Spieln. Und Mutter hat immer öfter gefragt:
»Wie findest du den Onkel Albert? Sag, Junge, wie findest du ihn?«
»Och...« hab ich denn gesagt.
»Findest du ihn nicht auch nett? Wo er dir doch jedesmal was mitbringt?«
»Ich muß noch Schularbeiten machen.«
Einmal, als ich zurückgekomm' bin, sind ihre Stimm' nicht aussen Wohnzimmer gekomm'..
Sie sind in' Schlafzimmer gewesen.
Meine Mutter hat ganz laut geweint.
Aber so komisch.
Eher geschrien.
'Der hat se bestimmt wieder zun Heuln gebracht, weil er was über mein' Vater gesagt hat', hab ich gedacht und bin in das Schlafzimmer rein. Und da hat er nackigt im Bett gelegen. Und sie hat nackigt auf ihn draufgesessen und ist immer so komisch hin- und hergerutscht.
Dabei hat sie geschrien.
Und ich hab gewußt: die *ficken*. Die machen das, worüber die Großen immer ihre Witze machen.
Was in den Schulklos steht.
Mit Zeichnung' dabei.
Jede Woche muß der Hausmeister die Sauerein überpinseln. Aber schon an' nächsten Tag sind de Wände wieder vollgekliert.

Ich hab ein' Mordsschreck gekriegt und bin sofort wieder raus aussen Schlafzimmer. Meine Mutter ist gleich ruhig gewesen. Ich hab gehört, wie se noch de ganze Zeit rumgemurmelt habn.
Der ist bloß zun Ficken hergekomm'!
Diese Sau!
Nach ner Stunde sind se denn aussen Schlafzimmer raus.
Ganz und gar angezogen.
Und Onkel Albert hat gesagt: »Hör mal zu, Junge, deine Mutter und ich wolln heiraten. Ich bin denn dein neuer Vater.«
Ich hab nix gesagt.
Und Mutter hat gerufen: »Du kriegst ein' neuen Vater! Ist das nicht schön? Der bastelt denn mit dir zusamm' 'n Drachen oder macht Radtourn mit dir!«
Ich hab auf meine Schuhe geguckt. Ne scheußliche Vorstellung, was mit den Typen zusamm' zu machen.
»Freust du dich nicht, Junge?« hat Mutter noch lauter geschrien.
»Doch...«
»Und das Wichtigste ist, daß wir immer ehrlich zunander sind«, hat da der Typ gesagt, »komm, gib mir die Hand drauf!«
Ich hab mich vor seiner Schweißflosse halbtot geekelt.
Er hat sich denn meine Hand gegriffen, und denn hat er mitmal so gemein zugedrückt, daß ich geglaubt hab, er bricht mir de Finger kaputt.
»Warum schreist du denn, Junge?« hat Mutter gefragt.
»Ich weiß auch nicht, warum er schreit«, hat der Typ da geschleimt, »vielleicht hat er was gegen 'n männlich-festen Händedruck? Oder hast du was gegen Ehrlichkeit?«
»Nee.«
»Denn ist ja gut!« hat meine Mutter geschrien, »und heute Abend gibt das Schokoladenpudding.«
Dies widerliche Zeugs! Mir war ganz schlecht. 'Aber der Typ liebt das wohl', hab ich gedacht.
Zu der Verlobungsfeier sind seine Arbeitskollegen gekomm'. Einer, so'n Dicker, hat immer ganz laut gelacht und wollte immer 'n Witz erzähln, aber seine Kollegen habn ihn angestoßen:
»Uwe, laß man, der ist doch nicht stubenrein! Es sind Damen und Kinder anwesend!«

Denn habn se sich wieder vor Lachen auffe Tischplatte geschmissen. Mitmal hat der mitte Witze zu mir rübergenickt und gesagt:
»Ein ernstes Kind.«
Alle habn mich angeguckt. Und ich hab gesagt:
»Wenn ein' der Vater gestorben ist, kann man nicht dauernd lachen.«
Da sind alle ganz still gewesen.
Der Witzemann hat gesagt:
»Du hast wohl sehr an dein' Vater gehang'?«
»Ja, hab ich, sehr.«
'n paar vonne Kollegen habn genickt. Einer sagte:
»Armes Kerlchen... nicht leicht zu verdaun.«
Meine Mutter ist ganz blaß geworden und ist inne Küche gegang'.
»Du kriegst ja nu bald 'n neuen Vater«, hat der Witzemann gesagt.
Der neue Vater hat mich wieder angeguckt, ohne de Augenlider zu bewegen.
Ich hab nix gesagt.
»Du kannst dich freun, daß du bald 'n neuen Vater kriegst... oder freust du dich nicht?«
»Es ist immer schwer für so'n Kind«, wollte der neue Vater anfang', aber der Witzemann hat schon weitergefragt:
»Was gefällt dir denn nicht an dein' neuen Vater?«
Ich war still und hab nix gesagt.
»Na? Was gefällt dir nicht? Mal ganz ehrlich!«
»Wenn er da ist, muß ich immer raus zun Spieln!«
Und mitmal fing' alle an zu lachen wie bekloppt. Hauten mitte Fäuste auffen Tisch, konnten sich gar nicht wieder einkriegen:
»Soso! So ist das also! Wenn er kommt, mußt du raus!«
Und einer jappste:
»Hast du auch schon mal... schon mal... hast auch schon mal da über nachgedacht, *warum* du immer raus mußt?«
Die konnten gar nicht wieder aufhörn. Meine Mutter ist nicht wieder rausgekomm' ausse Küche.
Und wenn der Korn alle war, ist der *neue Vater* raus und hat ne neue Flasche aussen Kühlschrank geholt.

Ich bin denn ins Bett gegang', konnte aber nicht einschlafen wegen den Lärm.
Als endlich Ruhe war, geht mitmal de Tür auf, und der *neue Vater* kommt rein.
Setzt sich bei mir auffe Bettkante.
Ich kneif de Augen zu. Tu so, als wenn ich penn.
Und da sagt er: »Ich wollt mich noch bei dir bedanken, Junge, daß du vor mein' Kollegen so nett von mir gesprochen hast.«
'Hab ich ja eigentlich gar nicht', hab ich gedacht.
»Nett und *ehrlich*, und dafür wollt ich mich bedanken. Komm, geb mir de Hand! Ich weiß, daß du nicht schläfst!«
Ich lieg ganz steif.
»Komm, Junge, geb mir de Hand! Ich will mich für deine *Ehrlichkeit* bedanken.«
Damit der Arsch endlich abhaut, mach ich das.
Und da drückt er zu.
Mein' klein' Finger hab ich nicht grade gekriegt. Jetzt drückt er so, daß ich denk, der bricht ab.
Das tut so weh, daß ich kotzen muß.
»Und jetzt spuckst du auch noch das Bett voll, damit deine Mutter mitten inne Nacht hochmuß, um das Bett abzuziehn...«
Und denn sagt er ganz leise: »Und so werd ich mich jedesmal bedanken für deine *Nettigkeit* und *Ehrlichkeit*! Jedesmal! Bloß daß ich dir das nächste Mal nicht den Finger brech, da *brech ich dir das Gnick*!«
An nächsten Morgen war der Finger ganz geschwolln und dunkelblau angelaufen.
»Was hast du denn mit dein' Finger gemacht, Junge?« hat meine Mutter geschrien.
Und ich: »Weiß ich auch nicht, als ich heute morgen aufgewacht bin, war er so. Ich muß mich da wohl raufgelegt habn in' Schlaf.«
Der Typ hat kein Wort gesagt.

Edu singt 'Morgenrot...'

Und denn ist Onkel Albert bei uns eingezogen. 'ne Woche vor der Hochzeit.
»Wir wolln da kein großen Tamtam machen. Standesamt genügt«, hat er gesagt, »und ich seh auch nicht ein, daß wir so viel Leute einladen, damit die sich hier auf unsre Kosten dumm und dämlich fressen und saufen.«
Bloß seine Kollegen sind gekomm'. Zun Kaffee. Und ich hab 'n neuen Anzug gekriegt. Richtig 'n Anzug.
Mit ne Jacke, die überall gekniffen hat.
»Dazu trägt man 'n weißes Oberhemd und ne Krawatte«, hat der Typ gesagt.
»Das zieh ich nicht an«, hab ich gesagt.
Und er: »Aha, du willst wohl deine Mutter blamiern? Um mich geht es gar nicht, wenn du mit kurze Manchesterhosen und Windjacke bein Standesamt aufkreuzt. Um mich geht es da gar nicht, aber du willst den Ehrntag von deine Mutter kaputtmachen!«
Mußt ich de Scheißklamotten anziehn! Als wir ausse Haustür raus, standen da natürlich 10 000 Säcke aus meine Klasse. Die habn sich schlappgelacht.
»Oh, guck mal, 'n Anzug! Der trägt 'n Anzug!«
»Sieht aus wie ne Anziehpuppe!«
»Wie'n Lilliputaner sieht er aus!«
»Putzig, wie meine Oma immer sagt, putzig sieht er aus!«
Ich hab de Zähne zusamm'gebissen und bin durch.
Von da an habn die mich inne Schule immer 'Putzi' genannt. Das war mein Spitzname.
Abends, nachen Kaffeetrinken, als de Kollegen abgezittert warn, hat der Typ gesagt:
»Junge, komm mal her!«
»Was denn?«
»Komm mal her! Ich hab was mit dir zu besprechen.
»Ich bin aber schon müde.«
»Dauert auch nicht lange.«
Er hat auffen Sessel gesessen, meine Mutter auffe Kautsch. Als

ich vor ihn stand, hat er mich zwischen seine Knie gezogen und mich damit festgehalten.
Da konnt ich nicht weg.
»Jetzt bin ich dein Vater, Junge.«
»Jaja...«
»Und deshalb sagst du von heute ab 'Vati' zu mir.«
Er guckt mich an mit seine Fischaugen und hat mich so fest zwischen seine knochigen Knie festgeklemmt, daß mir de Trän' inne Augen komm'.
»Ich seh, daß du vor Rührung heulst. Und ich sag auch nix dazu. In sonne Momente kann man ruhig sein' Trän' freien Lauf lassen. Auch als Junge.«
Er drückt noch fester.
»Albert ist jetzt dein neuer Vati«, sagt meine Mutter.
»Und nu probier mal!«
»Was soll ich...«
Ich krieg fast keine Luft mehr, so weh tut das.
»Das Vati-Sagen! Los, sag 'Vati'!«
Ganz starre Fischaugen.
Ohne Wimpern de Augendeckel.
»Ist doch nicht schwer, Junge!« sagt meine Mutter.
»Vati...«
»Siehst du! Warum nicht gleich so! Ich glaub, dich krieg ich schon hin! Was dir gefehlt hat, ist ne feste Hand. Aber wir kriegen das schon, nicht?«
Ich merk, wie ich mir de Unterlippe kaputtgebissen hab.
»Nicht?«
»Ja.«
»Ich freu mich, daß das jetzt so gut läuft mit euch«, sagt meine Mutter, »und das wird bestimmt noch besser.«
Und ich denk: 'Die will doch bloß ficken, die alte Sau!'
Ich krieg das nämlich mit, wenn sie da so rumkreischt nachts.
Und ich glaub, daß de Nachbarn das auch mitkriegen.
Weil de Wände so dünn sind.
Ob die Freundin von mein' Vater auch so gekreischt hat?

Mein neuer Vater hat Edu mitgebracht. Edu ist 'n Wellensittich, 'n Silbersittich.

»Was ganz Seltenes, Edles«, sagt mein neuer Vati, »das gibt nur ganz wenige Silbersittiche auffe Welt.«
Und Edu kann sprechen.
Wenn man an sein' Käfig kommt und ihn 'n Stück Würfelzukker hinhält, denn legt er sein' Kopp schief und kneift de Augen zu und knabbert an den Zucker rum.
Ekelhaft!
Auch wie er aussieht: ekelhaft!
Die Federn habn de Farbe von Fischschuppen. Und seine Augen sind rotzegrün.
Genau sonne Augen wie die von mein' neuen Vati.
Er guckt auch so.
Vielleicht kommt de Ähnlichkeit davon, daß Sittiche ja auch keine Wimpern habn.
»Er kann sprechen«, sagt der neue Vati, »richtig sprechen! Das hab ich ihn beigebracht. Komm Edu, hier ist Zuckerchen! Guck mal, wie er knabbert!«
»Ist er nicht niedlich?« fragt meine Mutter, die aus der Küche gekomm' ist, »und er kann tatsächlich sprechen.«
»Glaub ich nicht«, sag ich.
»So, du glaubst das nicht«, sagt mein neuer Vati. Und denn sagt er zu den Vogel: »Edu! Edulein! Guten Morgen! Sag mal 'Guten Morgen'!«
Der Vogel pliert uns an mit seine rotzgrüne Augen.
Ich muß lachen.
»Sag dein' Vati 'Guten Morgen'!« sagt mein neuer Vati. Er hat zu den verschimmelten Vogel gesagt 'dein Vati'.
Das ist also sein Sohn.
Aha!
Darum ja auch de Ähnlichkeit!
Die habn beide de gleichen Augen.
Und ich hab 'n Bruder!
Ich kann gar nicht wieder aufhörn mit Lachen.
»Guten Morgen!« schreit der neue Vati.
»Urrä Orrä!« krächzt der Schimmel-Sittich.
»Na, was sagst du nu?« fragt mein neuer Vati. Er und der Vogel stiern sich an.

»Nu hast du es selber gehört, daß er 'Guten Morgen' sagen kann!« ruft meine Mutter.
Der neue Vati steht neben mir. Wenn ich jetzt sag: 'Och, der hat doch bloß irgendwas gekrächzt, das war doch gar nix', da braucht er sein' Absatz bloß 'n paar Zentimeter weiter nach links zu stelln, auf mein' Fuß rauf, ganz unauffällig...
»Hätt ich nicht gedacht...«, sag ich.
»Und sing' kann er auch«, sagt der neue Vati.
»Was denn?« fragt meine Mutter.
»Zwei wunderschöne alte Volkslieder:
'Drei Lilien, drei Lilien, die pflanzt ich auf mein Grab,
da kam ein stolzer Reiter, der brach sie ab' und
'Morgenrot, Morgenrot, leuchtest mir zun frühen Tod'«, sagt mein neuer Vati.
»Das kann er uns morgen ja mal vorsing'!« sagt meine Mutter.
»Wieso morgen?« fragt mein neuer Vati, »das kann er auch jetzt sing'. Jetzt gleich.«
»Aber das Essen ist fertig«, sagt meine Mutter.
»Ach was, so viel Zeit ist noch«, sagt Vati und kratzt mitten Zeigefinger-Nagel anne Gitterstäbe: »Los, Edu! Sing! Sing Vati was vor! Los! Komm, Edulein, sing!«
Der Vogel tritt von eine Kralle auffe andere, und denn macht er sein' Schnabel auf:
»Orro oorr!
orro orrr
orrä iäääii üä orr!«
»Na?« fragt der neue Vati und stiert mich an, »was sagst du nu?«
»Naja...«
»Das war ganz deutlich! Das kann jeder verstehn! Da weiß jeder sofort, was das ist! Jeder Blöde!« sagt der neue Vati.
Meine Mutter ist wieder inne Küche zurück.
»Auch einer, der unmusikalisch ist«, sagt der neue Vati, »hat das sofort raus, was das ist! Und bloß einer, der bösartig ist, der...« Und mitmal packt er mich bei de Schultern, daß ich nicht weg kann.
Man knapp, daß ich Luft krieg.

»Welches Lied war das?« Der neue Vati kommt ganz dicht an mich ran.
»Was für Lieder kann er?«
»'Drei Lilien, drei Lilien' und 'Morgenrot, Morgenrot'...«
»Denn hat er 'Drei Lilien, drei Lilien'...«
»Aha... du bist sicher.«
»Ja, 'Drei Lilien, drei Lilien'.«
»Du hast das sofort erkannt?«
»Ja.«
»Ehrlich?«
»Ja...«
»Gut, dann geb mir die Hand.«
Er hält mir de Hand hin.
»Geb mir de Hand! Los! Hast du vielleicht Angst vorn ehrlichen, deutschen Händedruck?«
»Nein, das hat er bestimmt nicht«, sagt meine Mutter, die wieder ausse Küche gekomm' ist.
Der neue Vati schnappt sich meine Hand. Und jetzt drückt er so doll, da kann ich nicht anders, da muß ich schrein.
»Waschlappen«, sagt der neue Vati, »dein Junge ist 'n Waschlappen, der kein' ehrlichen festen Händedruck aushält! Jetzt fängt er auch noch an zu heuln!«
»Laß los!« schrei ich.
»In solchen Fällen darf man de Kinder nicht nachgeben«, sagt mein neuer Vati zu meine Mutter. Und zu mir sagt er: »Ich laß dich los. Aber erst sagst du mir, daß du 'n ehrlichen festen Händedruck gut findest.«
»Ich find das gut...«
»Was findest du gut?«
»'n ehrlichen deutschen Händedruck.«
Und denn muß ich mitmal lachen.
Wirklich.
Ich muß lachen.
»Siehst du«, sagt der neue Vati zu meine Mutter, »siehst du nu, wie er uns eben noch was vorgesponn' hat? Wie er so getan hat, als tut das weh? Siehst du nu, daß alles Anstellerei war? Daß er uns belogen hat?«

»Das Essen ist fertig«, sagt meine Mutter.«
Ich hab kein' Hunger.
»Ich mag nicht«, sag ich. Und der neue Vati sagt nix dazu, daß ich nicht mitessen will. Denn hätt ich versucht, den Löffel inne Hand zu nehm', das wär nicht gegang'.
Nachen Essen könn' meine Mutter und mein neuer Vati gar nicht schnell genug ins Schlafzimmer komm'.
»Wir machen nu erstmal Mittagsschlaf«, sagt meine Mutter.
Jeden Sonntag machen die ihrn 'Mittagsschlaf'. Nach fünf Minuten geh ich inne Wohnstube. Aussen Nähkasten hol ich mir ne Stopfnadel.
Ich geh zun Käfig.
Das Vieh rutscht weg von mir.
Aber ich dreh den Käfig um.
Und denn: zack: de Nadel inne Brust rein!
Das Vieh sagt nix.
Klappert aber mitte Augen.
Da war er wohl nicht auf gefaßt.
Ich stoß nochmal zu.
Ganz tief geht de Nadel rein.
Als ich sie rauszieh, ist da so'n roter Schleim auf.
Jetzt klappert der Vogel ganz doll mitte Augen, schwankt auch so'n bischen.
Und als ich wieder maßnehm, da fängt er tatsächlich an:
»Orrgänroot, Orrgänroot,
loichtäß miärr zun rühänn Oot.«
Das war ganz deutlich.
Aber nützt ihn nix. Ich hol aus mitte Nadel. Da hebt er sein' Flügel. Als ob er mich abwehrn will. Untern Flügel hat er ganz weiße Haut. Und auf der Haut krabbeln lauter weiße Maden.
Zun Kotzen!
Ich bring das nicht mehr, ihn nochmal zu pieksen.
Aber er hat 'n paar volle Dinger eingefang'.
Ich wisch de Nadel an' Teppich ab.
Abends sagt der neue Vati zu mir: »Was hat Edu bloß?«
»Wieso?«
»Na, wie er immer so komisch auf seine Stange rumrutscht.
Und dann hört man, wie er Luft holt. Das rasselt richtig.«

»Vielleicht ist er erkältet«, sag ich.
»Heut mittag war er noch nicht erkältet«, sagt der neue Vati, und denn kriegt er mich bei de Hand, die noch ganz geschwolln ist: »Hast du ihn was gegeben?« Und drückt wie wahnsinnig zu.
Ich schrei.
»Was soll der Junge ihn schon gegeben habn!« sagt meine Mutter.
»Du hast ihn nichts gegeben?« fragt der neue Vati ganz leise, »ehrlich nicht?«
»Ehrlich nicht«, brüll ich.
Und dann knackt das. Der kleine Finger!
»Du hast den Kind...«, schreit Mutter, »da hat irgendwas geknackt! Du hast ihn zu fest de Hand...«
»Ah was, 'n Waschlappen ist das!« sagt der neue Vati und läßt mich los.
Ich heul.
Meine Mutter kommt ran: »Beweg mal die Finger, Junge!«
Vier Finger lassen sich bewegen. Der kleine Finger nicht.
»Wir müssen mit ihn zun Arzt«, sagt meine Mutter, »und da könn' wir ja sagen, daß ihn da was Schweres raufgefalln ist.«
Und denn hörn wir so'n komisches Piepsgeräusch.
Der neue Vati läuft zun Käfig.
Edu liegt auffen Boden.
Er liegt auffen Rücken.
Mit angezogene Kralln.
Die Augen offen.
Als ich hinterherkomm, dreht sich der neue Vati um und guckt mich an. Und ich sag:
»Guck mal da, an sein' Flügel! Ne Made!«
»Ich seh nix!« sagt meine Mutter. Aber denn macht sie de Käfigtür auf, dreht Edu um, hebt sein' Flügel an, und da wimmelt das von Maden.
»Igitt!« sagt meine Mutter, und denn sagt sie zu mein' neuen Vati:
»Bringst du das Tier zun Ascheimer oder soll ich das?«
»Der kann uns alle anstecken mit seine ekelhafte Krankheit!« ruf ich ganz laut.
Der neue Vati guckt mich noch immer an.

Die zweite Beerdigung

Einer aus meine Klasse, Rüdiger Weiß, der Sitzenbleiber, der hat mir mal erzählt, wenn man ein' umbring' will, denn ist das ganz einfach. Muß man bloß ne Katze einfang', ihr de Schnurrhaare abschneiden, die mitte Nagelschere ganz fein schnippeln und sie den inne Suppe tun, den man umme Ecke bring' will. Nu gibt das aber bei uns inne Gegend keine einzige Katze. Und denn ist mir eingefalln: vielleicht bring' de Barthaare von' Menschen das auch.

Der Einfall ist mir gekomm', als der neue Vati ganz laut gesung' hat in' Badezimmer. Er singt nämlich imer bein Rasiern. 'Morgenrot, Morgenrot, leuchtest mir zun frühen Tod' zun Beispiel.

Und sein Elektrorasierer macht er bloß einmal inne Woche sauber. Höchstens zweimal de Woche.

An selben Tag hab ich de Haare aussen Rasierer rausgebürstet... auf so'n Papiertaschentuch rauf. Ich hab fast das Kotzen gekriegt.

Als ich ihn abends de beschmierte Brotscheiben inne Wohnstube gebracht hab — meine Mutter macht de Scheiben immer inne Küche fertig — hab ich de Haare schnell auffe Leberwurstschnitte geschüttet. Das war nicht zu sehn, denn de Wurst war grau und de Haare auch.

Und schon nach ne Woche hat das mit sein' Magen angefang'. Er ist zur Untersuchung gegang'. Und de Ärzte habn gesagt: wär er bloß schon früher gekomm', aber de Patienten komm' immer erst, wenn se Schmerzen habn, und denn ist das meistens zu spät.

Aussen Krankenhaus ist er gar nicht erst rausgekomm'.

Als er denn sein' Abgang gemacht hat, hat meine Mutter geweint, und de Nachbarn habn in' Treppenhaus gesagt:

»Die arme Frau: in so kurze Zeit zwei Männer nachnander...«

Zur Beerdigung mußt ich mit.

Bein Begräbnis von mein' neuen Vati warn dieselben Leute, die auch schon bei mein' Vater dabeigewesen warn. Die Kollegen vonne Bahn.

Sie sind alle an' offenen Sarg vorbeigegang'. Einer hat gesagt:

»Na, Junge, willst ihn dir nochmal ansehn?«
Hat aber gar nicht abgewartet, was ich antworte. Hat mich einfach bei de Schultern genomm' und vor sich hergeschoben. Da mußt ich ja reingucken.
Er hat dagelegen mitten gelben Gesicht. Das linke Auge war so'n ganz bischen offen. Als ob er da durchpliert durchen Schlitz. Mich beobachten will.
Die Hände hat er gefaltet gehabt. Und denn seh ich mitmal, wie sich vonne gefaltete Hände ein Finger abspreizt.
Der kleine Finger.
'Ogott', denk ich, 'der ist gar nicht tot! Der pliert doch! Der spreizt den lütten Finger ab, weil er mir damit sagen will: »Guck hier, den klein' Finger, *den brech ich dir!* Laß mich bloß wieder hochkomm'!«'
Ich hab furchtbar geschrien.
Und de Leute habn mich gestreichelt und habn gesagt:
»Ogott, das Kind! Es hat den Lütten wohl doch ziemlich mitgenomm'. Er muß sehr an sein' zweiten Vater gehang' habn!«
Und der Typ, der mich noch immer anne Schulter festhielt, hat geflüstert:
»Nu nimm dich mal zusamm'!«
Und zu meine Mutter hat er laut gesagt:
»Das wollt ich Ihn' noch sagen: wenn Sie da irgendwie Hilfe brauchen, also: ich bin immer für Sie da.«
Ich hab ne wahnsinnige Muffe gekriegt, aber denn ist er doch nicht aufgekreuzt bei uns.
Nachen halben Jahr ist meine Mutter einmal inne Woche zun CAFÉ KEESE gegang', zun Tanzen. Später zweimal inne Woche, aber nicht mehr zun KEESE. Da ist sie ins HOFBRÄUHAUS.

Ausschuß

Inne HOFBRÄUHAUS-Zeit hat meine Mutter anne Kasse von so'n Supermarkt gehockt. Und denn hat se sich immer öfter vertippt. Der Geschäftsführer ist mal zu uns nach Haus gekomm'. Ich hab gehört, wie er gesagt hat:

»Sie müssen das verstehn, das geht wirklich nicht mehr mit Ihn'. Und nicht nur, weil Sie sich immer vertippen. Auch daß Sie morgens schon... also, das merken die Kunden doch! Wolln Sie nichtmal für ne Kur einreichen?«
Dreimal ist meine Mutter auf Entzug gewesen.
Hinterher bei de AA.
Hat aber alles nix gebracht.

Ich bin eigentlich ganz gut drauf jetzt. Mir macht das Spaß, das Harken. Damals, nache Schule, hab ich bei HOKO angefang'. In Wilhelmsburg.
Mußt ich de Stücke in so'n Wagen laden, die se als Ausschuß von' Band genomm' hatten. Die kam' inne Ausschuß-Halle. Ich war der von' Ausschuß.
Habn auch alle zu mir gesagt: »Öi, da kommt Ausschuß! Na, Ausschuß, was macht de Kunst?«
Bis denn einer herkam, der auch auf meine Schule war.
Der hat gesagt, daß mein Spitzname 'Putzi' ist.
Von da an habn welche zu mir 'Putzi' gesagt. Welche sind bei 'Ausschuß' geblieben.
Auffen Betriebsfest hab ich Mausi kenn'gelernt. Die hat in Abteilung vier gearbeitet. Jeder hat Mausi zu ihr gesagt, wegen ihre Zähne. Und ziemlich klein war sie. Ich hab paarmal mit ihr getanzt auffen Betriebsfest. Und denn sind wir zusamm' anne Sektbar.
Ich kann ja nicht viel ab.
Sie hat gesagt: »An besten, wenn du jetzt mal bischen anne frische Luft gehst. Ich komm mit.«
Draußen hab ich mich tatsächlich wieder besser gefühlt. Sie hat denn gesagt:
»Du mußt ganz tief Luft holen! Und ganz tief ausatmen!«
Sie hat vorgemacht, wie ich das machen soll:
»Tiiiief ein! Tiiiief aus! Und nochmal!«
Und denn... also, ich weiß auch nicht, wie ich da auf gekomm' bin, hab ich gesagt:
»Wenn du denkst, ich arbeit hier, das stimmt nicht.«
Und sie: »Ich denk, du bist in' Ausschuß?«
»Klar bin ich das, aber da mach ich bloß 'n Praktikum.«

»Wie der Sohn von unsen Chef letztes Jahr?«
»Ich weiß nicht wie wer, ich sag bloß, daß ich da 'n Praktikum mach.«
»Bist du vielleicht mitten Chef verwandt?«
»Ich sag nix.«
»Ach was, du spinnst.«
»Ich sag nix.«
Sie hat 'n ziemlich dicken Busen gehabt.
Wir sind ganz hinten zun Fahrradunterstand gegang'.
Der Wegwarbsen, den sie in seine Abteilung 'Don Geilo' nenn' wegen seine Witze, ist uns entgegengekomm' mit ne Alte. Die konnte man eben noch auffe Füße stehn, und ihre Bluse war offen, und ihrn BH hatte se inne Hand.
Sie hat in eine Tour gelacht.
'Don Geilo' hat se festgehalten, daß se nicht umgefalln ist. Er hat auch gelacht.
»Jeder weiß, daß er verheiratet ist, und seine Frau hat grade 'n Kind gekriegt. Und er macht sowas!« hat Mausi gesagt. 'Don Geilo' hat das gehört und laut geschrien:
»Und was wollt ihr beiden bein Fahrradschuppen? Na? Du hast doch schon ne ganz nasse Fotze, Tochter! Du hast doch das große Zucken! Das große Jucken!«
Ganz laut hat er gegrölt.
'Wenn das jemand hört und herkommt!' hab ich gedacht. Und ich hab gesagt:
»Der ist ja voll wie 1000 Russen.«
Denn sind de beiden weitergewackelt.
»Wenn du glaubst, du kannst mich hier mal eben kurz anbuffen, und denn adje mit e, denn bist du aber schief gewickelt, Kleiner!«
»Will ich doch gar nicht.«
»Na, nu sei man nicht gleich beleidigt... Und du machst wirklich 'n Praktikum inne Firma?«
»Ja.«
Ich konnt und konnt ihrn BH nicht aufkriegen. Sie hat mir denn dabei geholfen.
Mann, hatte die Möpse!
Bei ihre Größe!

Unter ihre Arme war das ganz naß.
In' Stehn ging das nicht, weil se so lütt war.
Wir sind denn zu de Lagerhalle, wo de Abdeckplan' liegen.
Durchs Fenster rein, was bloß angelehnt war. Sie auf das Fenster zu und zu mir:
»Da könn' wir rein.«
Als wir in Gange warn, hat sie de Augen auf und gesagt:
»Gott, bist du nüdlich!«
Hinterher hab ich ihr denn gesagt, daß das gar nicht stimmt mit den Praktikum. Und sie:
»Hab ich gleich gewußt.«
Wir sind denn gar nicht wieder rein zu de andern.
Sie hat immer wieder:
»Gott, bist du süß! Hast wohl noch nie ne Freundin gehabt, was?«
»Doch...«
Und sie hat gelacht.
Und denn hat sie: »Stell dir vor, der Bräckler kommt hier rein und erwischt uns, wie wir hier auffe Plan'...«
Bräckler ist der Vorarbeiter von ihre Abteilung. Und ich:
»Denn kriegen wir garantiert de Papiere!«
Ja, wir habn denn noch so rumgesponn', zun Beispiel: wenn ich erst Vorarbeiter bin und sie ist auch Vorarbeiterin, denn komm' wir gut über de Runden. Und ich:
»Vielleicht kriegen wir denn auch ne billige Altbauwohnung.«
Und sie: »Altbau, da fang ich gar nicht erst mit an! Ich möcht ne richtige Küche und 'n modernes Bad. Und Waschmaschine und Geschirrspüler... Und wenn du Vorarbeiter bist...«
»Erst muß ich zun Bund.«
»Da heiraten wir vorher, daß sich das auch lohnt mit dein' Sold.«
Die war ganz schön auf Zack!
Klar, das ging denn auch ab!
Richtig in Weiß mit Schleier und Blum'streukinder.
Und in' Lokal gefeiert.
Habn wir lange auf gespart.
Und ne richtige Zwei-Zimmer-Wohnung habn wir auch an Land gezogen, weil: 'n Onkel von ihr hatte Beziehung' zu sonne Wohnungsbaugesellschaft.

»Wie in' Märchen ist das!« hat meine Mutter gesagt, als sie zu Besuch gekomm' ist.
War aber auch schön, de Wohnzimmergarnitur!
Echt Eiche.
Und denn mußt ich nach Itzehoe. Da war ich stationiert. Hab mich auffe S-Bahn gesetzt und hin. Sie hat mich bis Pinneberg gebracht. Da bin ich in' Zug umgestiegen. An' nächsten Tag bei de Einweisung hatte ich denn meine Papiere nicht dabei.
»Sie müssen ganz schön durchenander gewesen sein!« hat der Soldat auffe Wachstube gegrinst, und: »Ach ja, Sie habn erst vor paar Tage geheiratet, da ist das kein Wunder, wenn man so durchenander ist.«
Aber half alles nix, ich mußte nochmal zurück und de Papiere holn.
Naja, und da... hab ich de Haustür mit mein' Schlüssel auf — das Schlüsselbund hatte ich ja dabei — de Wohnungstür hab ich denn auch... und da hab ich das gehört: wie meine Mutter damals in Schlafzimmer mit den neuen Vati! Genau die Geräusche!
Was denn gewesen ist... de Ärzte habn ja immer wieder zu mir, daß ich versuchen soll, alles wieder in meine Erinnerung zurückzuholn... aber das geht nicht!
Tut mir leid.
Der Bräckler hat lange in' Krankenhaus gelegen.
Vier Schädeloperation'!
Und heute noch vergißt er alles. Ist auf Invalidenrente.
Und ich war ne Woche auffe Intensivstation. Mausi natürlich viel länger.
Zwei Küchenmesser soll ich abgebrochen habn.
Eins bei Mausi, das andere bei mir.
Anne Rippen.
Die kaputten Messer lagen auffen Tisch bei de Verhandlung.
Was der Gutachter gesagt hat, da hab ich kein Wort von verstanden. Aber ich mußte ins Krankenhaus.
Hat lange gedauert, de Behandlung. Aber mitte Zeit habn se mich da doch zurechtgebogen.
Ach so, ja, schon vor ich in Behandlung gekomm' bin, hat Mausi de Scheidung eingereicht.

Wenn sie das nicht gemacht hätte, hätte ich das gemacht. Ich bin denn später inne Offene gekomm'. Da hab ich schon inne Werkstatt gearbeitet. Hab mich gut gemacht. Das ging immer weiter voran. Ich konnte in das Ledigenheim ziehn und kriegte diesen Job hier. Der ist prima. Ich bin nämlich gern anne frische Luft.

Ablenkung'

Doktor Warther, das ist der Arzt, wo ich noch zweimal in' Monat hinmuß, der hat gesagt:
»Wichtig für Sie ist, daß Sie sich erstmal auf Ihre Arbeit konzentrieren. Kein Ablenkung! Ablenkung ist Gift für Sie! Konzentrieren Sie sich auf Ihre Tätigkeit! Und dann bringen Sie Ordnung in Ihr Leben! Zu festgesetzten Zeiten essen! Zu festgesetzten Zeiten ins Bett gehen! Zu festgesetzten Zeiten aufstehen! So kriegen Sie Ihr Leben in den Griff, mein Lieber!«
Er hat recht.
Manchmal find ich, daß ich mein Leben schon ganz schön in' Griff gekriegt hab.
Denn hab ich total gute Stimmung. Wenn ich denn so mit meine Harke anne Grabsteine vorbei, denn leuchten de Goldbuchstaben so richtig vonne Steine. Und denn ist mir so... wie soll ich das sagen... wie so'n paar Kerle, die sich soweit abgefüllt habn, daß se nu WESTERWALD sing' wolln.
Wenn du 'n guten Zwirn auffen Body hast, kannst du mit volle Lautstärke loslegen und deine gute Laune zeigen. Da sagt ein Bulle zun andern:
»Guck mal, der Herr mitten Hamburg-Wappen-Schlips, das ist 'n echter Bankdirektor. Und nu röhrt er sich hier ein' ab wie 'n Westkurven-Flunki. Ist doch rührend, nicht? Richtig wie so'n großer Junge, geradezu menschlich...«
Und sein' Kollegen stehn vor lauter Ergriffenheit de Trän' inne Augen.
Aber wenn sonne Berberrunde ihre Rotweinbomben leer hat und anfang' will, ne Oper zu machen, will auch den WE-

STERWALD auflegen, und sind Bulln inne Nähe, da habn de Berber aber sofort ne Delle in' Kopp! Und de Bullen fluchen: »Diese stinkende Berberbande kann froh sein, daß man se nicht inne Müllverbrenne kippt! Froh und dankbar! Die solln lieber still sein! Still und bescheiden! Aber nee, die müssen auf sich aufmerksam machen mit ihre Bölkerei, die Stinker! Na, nu sehn sie ja, was se davon habn!«

Ich bin still, wenn ich gute Laune hab. Pfeif nichtmal. Weil: macht de Herrn vonne Inspektion nervös.

Aber für de alten Leute, die auffe Bänke hocken wie festgeklebt oder sie schlurfen die Gänge längs, für die möcht ich ein' ausgeben.

Aber nu geb mal ein' aus mit 1,50 de Stunde!

Und so sagt man freundlich 'Guten Morgen' zu ihn'. De Kollegen reden sie ja überhaupt nicht an. Weil sie nämlich abergläubisch sind. Aber ich geb nix auf blödes Gequatsche. Daß de Alten nämlich Tote sind, die für zwei Stunden Urlaub gekriegt habn von' Teufel. Aber dafür müssen sie ihn ein' lebenden Menschen mitbring'.

Und wenn sich da zun Beispiel 'n Kind inne Gräberreihn verläuft und sie anspricht, denn könn' sie sich das Kind schnappen und mit zurücknehm' in ihr Grab. Wer sie anspricht, den dürfen sie sich schnappen.

»Tote auf Urlaub kann man da an erkenn', daß se nicht atmen«, sagt Lepelmann.

So'n Quatsch!

Wenn ich gute Laune hab, grüß ich de Alten immer. Und noch nie hat sich da einer auf mich gestürzt, daß er mich mit in sein' Grab reinziehn will! De meisten gucken bloß freundlich und grüßen zurück. Oder nicken wenigstens.

Und die nicht reagiern, sind vielleicht bloß schwerhörig und habn ihr Hörgerät abgeschaltet, weil sie mit ihre Gedanken allein sein wolln.

Wenn de Alten bloß mal eben zurückgrüßen, sind das ja keine Ablenkung' für mich.

Aber das *gibt* Ablenkung'!

Sonne, wie mit diesen Berber neulich.

»Willst mal?« sagt der, bleibt vor mir stehn und hält mir seine

Bombe hin. Anne andere Hand baumeln ihn so zirka 20 Plastiktüten. Alle voll.
Ich wunder mich noch, wie der wohl hier reingekomm' ist mit seine Tüten und mitte volle Bombe, aber da stellt er schon seine Tüten hin, langt in eine rein und hat 'n Flaschenöffner inne Klaue. Gut, ich nehm erstmal 'n Schluck ausse Bombe. Inne Zwischenzeit hat er sich schon auf ne Steinbank gesetzt und — mich laust der Affe! — hat er neben sich so'n richtiges kleines Tischtuch auffe Bank gelegt. Und auf das Tischtuch stellt er 'n Teller und noch ein', und Bestecke legt er daneben. Und denn zieht er de wahnsinnigsten Delikatessen aus seine Tüten: Pumpernickel, Mehrkornbrötchen, Butterpaket, Krabbensalat, Bratenaufschnitt, Glas mit Gewürzgurken, und das hält überhaupt nicht auf: 'n ganzen Räucheraal legt er hin, echten Lachs, Geflügelsalat und ne Dose Kaviar! Er sitzt schon ganz an' Ende vonne Bank, weil die voll ist. Und zun Schluß holt er tatsächlich ne Pulle Moët et Chandon raus, die man sonst bloß ausse Glotzeserien kennt, und ne Buddel Chivas Regal. Und ordnet das alles, und zun Schluß steht er auf, düst zun nächsten Grab, rupft da 'n paar Blum' ab und dekoriert den ganzen Laden auch noch!
Denn steht er vor mir, macht ne Verbeugung und sagt:
»Es ist angerichtet!«
Original wie der Butler ausse Eaton-Place-Serie. Und ich krieg mein' Kiefer nicht wieder hoch, echt nicht! Und er nochmal: »Bitte zuzugreifen, der Herr!« Und zun Schluß: »Hau doch rein, du Muffbeutel, ist for nodding!«
Ja, und denn knien wir vor de Steinbank. Und ich schneid mir 'n Stück von den armdicken Räucheraal ab und hab 'n Gefühl, als stehn de Fischer-Chöre um mich rum, von Karajan dirigiert, und bring' mir 'n Ständchen. Mann, und denn hab ich de Krabben auffe Zunge und denn den Lachs, und der Berber sagt:
»Man nicht zu hastig, Bruder, sonst kriegst du 'n Dünnpfiff, gegen den sein Rückstoß ist 'n Bundeswehrphantom sein' 'n müden Rülpser!«
Aber ich kann nicht anders: ich schluck wie 'n Weltmeister, hab de Champagner-Buddel an' Hals, das kitzelt de Nase rauf und

runter, und den Braten leg ich gar nicht erst auf Brot, tu da 'n Klacks Remoulade rauf, roll ihn zusamm' und beiß ab.

»Du bist 'n Genießer!« lacht der Berber. Und ich schluck, hab das Kinn voll mit Salatmayo, und denn fällt mir ein: 'Verflucht, wenn hier nu mitmal Lepelmann längsschleicht oder Knax... oder ein Typ vonne Inspektion, der erklärt habn will, was das hier zu bedeuten hat... oder ne Trauergemeinde kommt hier an unsre Orgie vorbeigeglitscht!' Ich merk, wie sich bei mir de Haare anne Beine aufstelln und kau gar nicht mehr, weil das bloß aufhält. Aber denn hab ich da so'n Schuppenmolch bei de Ohrn, Languste oder ist das der Schwanz von' Hummer oder von' Krebs? Und da guck ich hoch und seh: der Berber ißt gar nicht! Grinst bloß und guckt zu, wie ich an' Mampfen bin.

»Und du?« frag ich, »wieso ißt du denn nix?«

Er grinst.

Und ich denk: 'Scheiße, wenn das nu so'n Typ ist, der von' Lebensmittelkonzern kommt und neue Konservierungsstoffe testen soll, die inne Eßwarn drin sind?'

»Ist das vielleicht 'n Test?« frag ich und leg den Rest von den Aal hin, »'n Test, wo man sich in Berberklamotten an Sozialhilfe-Flunkis ranschleicht, weil das billiger kommt als 'n Rattentest und den Staat ordentlich was an Ausgaben spart, wenn se hopsgehn?«

»Quatsch!«

»Du willst mir doch nicht erzähln, daß da kein Wurm in ist inne ganze Sache...«. Und ich guck den Aal an.

»Die Delikatessen sind allererste Klasse. Und ich eß nicht mit, weil ich was mitten Magen hab. Schon dreimal operiert wegen bösartige Geschwüre. Hab bloß noch 'n Viertel von mein' Magen... Aber ich freu mich, wenn das andere schmeckt...«

»Und wo hast du das her?«

»Gekauft.«

»Gekauft? Du?«

»Klar, ich bin Besitzer von ein' großen Textilkonzern, ich bin Erwin Peeck... von Peeck und Cloppenburg.«

»Und denn läufst du in sonne Klamotten rum?«

»Wenn du von klein auf bloß immer allerfeinsten Zwirn tragen mußt, der denn auch noch nach einmal Tragen in' Müll geht, denn kriegst du mitte Zeit 'n Wahnsinns-Jieper auf so'n richtigen Stink-Autfit.«

»Kann ich gar nicht glauben...«

»Und denn: wenn du an Flunkis ranwillst, darfst du sie nicht mit fein' Tuch abschrecken. Wenn ich hier in Frack und Zylinder angetanzt wär, da hättst du doch nie...«

»Und warum willst du an Flunkis rankomm'?«

Er grinst mitleidig:

»Weil die noch echten Appetit haben. Reiche Säcke leben doch alle Diät.«

»Hm«, sag ich, beiß in ein' geräucherten Putenschenkel, kau und zieh dabei de Luft durche Nase... und denn komm' da mitmal zwei verschwitzte Bulln hinter zwei Monumente hoch und eiern auf uns zu.

»Stehenbleiben!« pupt der eine los. Dabei denken der Berber und ich nicht in' Traum da an, de Kurve zu kratzen.

Der Berber breitet de Arme aus wie so'n Engel auffe alten Grabmonumente und grinst wie ein Typ vonne Heilsarmee, wenn er dabei ist, de Perversen-Bars auffen Kiez abzusaugen mit sein' Sammelbecher:

»Kommen Sie, meine Herren, bedienen Sie sich!«

Mitmal redet er ganz anders, fast wie so'n Pastor.

»Das ist Diebesgut!« bölkt nu der zweite Bulle, »das wird konfis... äh, das packen wir ein und nehm' es mit!«

»Einpacken, die herrlichen Delikatessen?« lacht der Berber, »das wär jammerschade! Das wird doch geknautscht und gedrückt und gemanscht und geknickt! Außerdem haben wir doch gerade ausgepackt.«

»Das wird eingepackt!« röhrt Bulle Nummer eins.

»Ob Sie das wohl sach- und fachgerecht machen, da möcht ich doch wohl meine Zweifel...«

»Quatschen Sie hier nicht rum!« grölen de Bullen zweistimmig.

Jetzt wird der Berber ernst:

»Ich lade Sie ein, obwohl Sie hier mit unsinnigen Redensarten die Stimmung verderben, mit Redensarten, die man vielleicht sogar als Beleidigungen interpretieren könnte.«

»Laß das geschwollene Gequatsche!« furzen de Bulln weiter in'

Duett, »wir wissen, daß das alles aussen Delikatessen-Center KRALL kommt. Da ist nämlich eingebrochen worden.«
»Von KRALL?« fragt der Berber, greift sich de Dose Kaviar. Da backt das Firmenschild noch auf mitten Preis: 39,90.
»Tatsächlich: KRALL«, sagt der Berber.
»Aha«, wiehert Bulle eins, »Sie geben also zu, daß Sie ins Feinkostcenter KRALL...«
»Er hat die Sachen gekauft!« ruf ich. Der Berber grinst. Dann sagt er:
»Ich hab dir erzählt, Bruder, daß ich Erwin Peeck bin, das stimmt. Ich bin der berühmte Textil-Millionär. Aber es stimmt nicht, daß *ich* das alles gekauft hab.«
»Also doch geklaut!« kreischt der zweite Bulle.
»Nein, ich hab die Delikatessen nicht gekauft, meine Verwandtschaft hat es. Und was noch ziemlich wichtig ist: ich liege hier auf dem Friedhof begraben...«
»Wo... hier?« keucht der erste Bulle, »und was heißt hier 'begraben'? Sie wolln doch wohl nicht behaupten, daß Sie sonne Art Dracula sind!«
Der Berber nickt langsam:
»Jawohl, ein Untoter, ein Vampir, wenn Sie es genau wissen wollen.«
»'n Vampir mit Plastiktüten voll geklaute Delikatessen! Da lachen ja die Hühner!« gackert Bulle zwei, und sein Kollege kräht:
»Ich denk, Vampire leben bloß von Blut!«
»Richtig«, sagt der Berber und hustet sich inne hohle Hand, »ich hab von dem Zeug hier auch keinen Bissen angerührt.«
»Das stimmt!« sag ich.
»Und was wolln Sie damit?« sagt der erste Bulle und wischt sich mitten Papiertaschentuch das schweißnasse Gesicht ab. Und sein Kollege setzt ein' drauf:
»Wie komm' Sie überhaupt dazu, wenn Sie doch nicht...«
»Jeden Tag«, sagt der Berber, »kommen die Verwandten mit Körben voller Delikatessen und stellen sie mir vor den Sarkophag... Ich liege dahinten in dem auffälligen Mausoleum. Jeden Tag diese grauenhaften Delikatessen! Dieser Geruch!«
»Und da verschenken Sie das?« fragt der zweite Bulle.

»Ja, ja, da verschenk ich das...«
»Und warum komm' de Verwandten mitte Delikatessen?« frag ich.
»Gottchen, sie wollen mich vom Blutsaugen abbringen. Ein Unternehmer als Blutsauger ist vernichtend fürs Firmenimage. Sie wollen mich bekehren, aber ich finde das Zeug widerlich! Ekelhaft! Nur einen Vorteil hat es: man kann einigen Leuten eine Freude machen.«
»Sie komm' gleich mal mit zu Ihrn Sarkophag, und wehe, der ist besetzt!« sagt der erste Polizist und stiert auffe Delikatessen.
»Lassen Sie doch Ihren Kollegen nachsehen. Es ist das Peeck-Mausoleum dahinten, hier ist der Schlüssel vom Gitter... der zweite Sarkophag von rechts ist es, wo ich...«
»Schlüssel kann man nachmachen«, grunzt der erste Bulle.
Der zweite eiert los.
»Na, nehmen Sie schon!« sagt der Berber.
Und der Bulle langt zu, stopft sich de Backen voll. Sowas hast du noch nicht erlebt! Von Kauen ist gar keine Rede! Und denn ist sein Kollege zurück.
»Der Sarg ist tatsächlich... nicht besetzt!« japst er, »ich glaub, wir müssen uns bei den Herr hier entschuldigen, aber sein Aufzug...«
»Als Peeck kann man sich so eine Kleidung leisten«, sagt Herr Peeck, der Vampir. Und denn sagt er zu den zweiten Bulln:
»Bitte bedienen Sie sich doch auch... nach all der Anstrengung...«
Und der zweite Bulle schlägt genauso zu wie der erste. Er stopft sich de guten Sachen rein, bis ihn de Augen vorn Kopp stehn. De Reste raken se zusamm' und tun sie ordentlich in' Papierkorb. Denn stehn se vor den Berber und salutiern:
»Vieln Dank auch, Herr Peeck, und nix für ungut!«
»Ach, da nicht für«, sagt Herr Peeck.
Dann verpissen sich de Bulln.
Der Berber bleibt noch 'n bischen.
»War doch ne nette Unterhaltung«, sagt er, grient und zwinkert mit den rechten Auge, »aber nu muß ich auch zusehn, daß ich über den Horizont kletter, Bruder. Wenn de Ordnungshüter nämlich de Abfallkörbe bein Mausoleum durchfilzen sollten

und entdecken da die beiden Tüten mit den Knochen aus dem Sarkophag, dann bin ich geliefert.«
»Ich hab«, sag ich, »gleich gewußt, daß du kein Vampir bist, Alter.«
»So? Wie hast du das denn rausgekriegt?«
»Na, Vampire könn' doch bei Tageslicht gar nicht... ich mein, da zerfalln se doch sofort zu Staub...«
»Und wenn es neuerdings eine Spezial-Creme gibt, die sie vor Sonneneinstrahlungen schützt?« lacht er.
Und tatsächlich: er hat ganz komische Zähne! Richtige Hauer! Aber Angst hab ich überhaupt nicht. Richtig in gute Stimmung bin ich. Vielleicht besucht Herr Peeck mich ja mal wieder!

Mit all diese angeknaxten Typen hier: Trauernde, Vampire, Auferstandene, Pastoren, Verrückte, also, ich find das hier richtig gemütlich!
Woanders möcht ich gar nicht sein.
Und wenn se bei ihre staatliche Einsparung' auch noch meine 1,50 Stundenlohn streichen müßten: würd ich auch schlucken! Würd ich eben umsonst harken!

Meine LINDENSTRASSE

Die LINDENSTRASSE seh ich an liebsten. Weil das nämlich wahnsinnig aussen Leben gegriffen ist. Das heißt, eigentlich ist de Serie sogar noch lebendiger und echter als das wirkliche Leben. Weil: soviel Probleme in ein' Haus: das gibt das eigentlich nicht... Zun Beispiel: Ehescheidung, 'n schwulen Sohn, Arbeitslosigkeit mit anschließende Firmengründung, Adoption von ein' mexikanischen Indiokind, Alterswahnsinn, Gastarbeiterprobleme mit anschließende Ehe, Selbstmord, Unfall mit Blindheit und anschließenden Autounfall, ein abtrünnigen Priester, Krebs bein Kind, ein saufenden Arzt, der sich wieder fängt, Vergewaltigung inne Ehe, ein bösartigen Onkel, der nicht ins Altersheim will, ne angedeutete Blutschande undundund!

Bloß was mit alte Nazis und was mitte Bundeswehr habn se bisher nicht gebracht. An Aids habn se sich allerdings schon rangewagt, direkt an Mord aber nicht, höchstens Unfall mit Todesfolge und Fahrerflucht.
Meine Lieblingsfigur ist ja Doktor Dressler.
Was der alles mitgemacht hat an Höhen und Tiefen! Dabei fängt das ganz harmlos an bei ihn: er ist geschieden und heiratet seine Sprechstundenhilfe, das gibt das ja oft und ist auch praktisch. Na schön, sein Sohn ist von andern Ufer, oder ist das der Sohn vonne Sprechstundenhilfe, oder hat die ne Tochter... also mitte Görn vonne Dresslers komm ich immer durchenander, das ist die einzigste unklare Stelle vonne Serie, aber sonst steig ich prima durch. Wie gesagt, ist eigentlich ne ganz normale Familie, aber denn kommt seine erste Frau, wo er von geschieden ist, aus Amerika zurück.
Zuerst sieht das so aus, als wenn se arm wie ne Kirchenmaus ist und will ihn bloß de Knete absaugen, aber denn ist se doch, wie man sich schon gedacht hat, ne Million'erbin und ne ganz berühmte Schauspielerin.
Und sieht noch genauso aus wie damals, wo se den jung' Dr. Dressler durchgebrannt ist, wie er grade seine Praxis eingerichtet hat mitten Kredit vonne Ärztekammer. Nichtmal sein Hörrohr, was so'n Arzt immer um Hals habn muß, und sein Thermometer warn abbezahlt. Und sie haut ab und läßt ihn mit den lütten Säugling allein inne Zwei-Zimmer-Wohnung.
Ich mein, das ist schon 'n Schlag!
Und nu ist se mitmal wieder da.
Sonne reife Frau mit tiefe Stimme und dunkle Haare, und er ist wieder total weg. Total.
Und nu macht er mit seine zweite Frau, was die erste mit ihn gemacht hat. Und er wühlt da mitte Verflossene inne Hotelbetten rum und läßt sich von' Zimmerkellner Sekt ans Bett bring'.
Also, macht der Arzt ausse Serie genau das, was er bei de Ärzte inne Filme gesehn hat. Und de zweite Frau geht fast kaputt. Ja, und denn, als er de erste wiederheiraten will, sagt sie: naja, war ja alles schön und gut, aber in' Grunde ist er immer noch der gleiche öde Spießer mit seine Krankenscheine, der se auffe

Dauer langweiln würde. Und so ist das wohl an' besten, wenn se nache Staaten zurückgeht. Und den Jungen nimmt se mit, weil der ja Schauspieler werden will, und sie hat Beziehung' nach Hollywood durch ihrn toten Mann.
Ja, und da fängt er mitte Sauferei an. Kommt völlig auffen Hund.
Schwankt da in volle Breite in seine Praxis rum. Ich mein, das geht ja nicht...
Die zweite Frau opfert sich ja auf, aber schließlich hat se auch de Nase dicke und will Leine ziehn.
Ja, ach, was soll das, du kennst de Serie ja auch... aber stell dir vor, heute morgen bin ich wieder an' Harken, und da kommt da mitmal ne Frau den Weg längs.
Kommt näher, und da hab ich mitmal so'n komisches Gefühl.
Mausi!
Die Frau, von der ich geschieden bin! Die mich damals... als ich zun Bund mußte, und inne Kaserne stellt sich raus, daß ich was zu Hause vergessen hab, wo ich denn zurück, und da liegt se mitten andern in' Bett.
Hab ich ja alles schon erzählt.
Jedenfalls: die ist das!
Ich bück mich, als wenn ich das Laub zwischen de Harkenzinken rauspuln will und schiel so von unten hoch. Klar, das ist sie! Als sie 'n paar Meter weg ist, ruf ich:
»Hallo!«
Sie dreht sich um: »Ja?«
»Sie habn da eben was verlorn!« Ich halt 'n Markstück hoch.
»Oja, kann angehn... Danke.«
Pflückt die mir tatsächlich de Kohle vonne Kralle!
Aber so ist die! Eiskalt!
Wo die sich was an Land ziehn kann, macht die das!
Aber sie hat mich nicht wiedererkannt!
Was da wohl abgelaufen wär, wenn sie mich erkannt hätte. Wär sie mir vielleicht heulend um' Hals gefalln:
»Oh, entschuldige, kannst du mir vielleicht verzeihn? Kannst du mir verzeihn? Ich hab dich überall gesucht... Inne Klapse habn se ja nicht gesagt, wo du wohnst und arbeitest. Ich glaub, die dürfen das auch nicht. Alle Betriebe hab ich durchge-

scheckt, aber nirgendwo hatten se dich inne Mitarbeiterkartei. Danach hab ich de Arbeitsämter durchgekämmt, und da hab ich dich denn endlich...«

»Und was macht Bräckler, die alte Sau?«

»Den hab ich seit damals nicht... doch, einmal hab ich ihn inne Klinik besucht, aber er konnte nicht auffe Reihe kriegen, wer ich war. Vor paar Wochen hab ich gehört, daß er in sonne 'Beschützende Werkstatt' als Vorarbeiter malocht.«

»Wolln wir heute abend zusamm'... vielleicht in' ANKER-Grill? Die habn da 'n erstklassiges Pfefferstäik.«

»Und warum gehn wir nicht zu mir?«

»Wo wohnst du denn?«

»Noch immer in unsre kleine Wohnung... und unse Möbel sind auch noch alle da, weil ich immer gehofft hab, daß das mit uns, ich mein, daß du vielleicht zurück... wenn du mir verzeihn kannst...«

»*Das kann ich nicht verzeihn!*«

Ich beiß de Zähne zusamm', krieg den Satz man so eben raus, *aber ich bleib hart.*

Sie steht da, läßt den Kopp auffe Brust falln und heult. Und denn sagt sie nochmal:

»Kannst du mir wirklich nicht verzeihn? Wirklich nicht? Ich will auch alles tun, damit du wieder gut bist... du mußt mir bloß sagen, was ich machen soll...«

Und ich dreh mich um. Laß sie einfach stehn.

Nee!

Das hätt sie sich damals überlegen solln!

Mitmal steht Semmler neben mir.

»Was ist denn mit Ihn' los?« knurrt er, »Sie schlucksen ja wie ne defekte Pumpe. Sind wohl wieder voll wie Hacke, was?«

»Ich hab eben... eben meine geschiedene Frau wiedergetroffen«, sag ich leise.

»Hier ist bloß eine längsgegang', und das war...«

»Ja, das war sie.«

»Die mit den grün' Trench?«

»Ja, die mein ich. Das war *sie*!«

»Unsinn, das war die Tochter von Pastor Euler, die will ihrn Vater abholn.«

Kann ja auch eigentlich gar nicht angehn, daß Mausi noch genauso aussieht wie damals. Wieviel Jahre ist das schon her... Daß nämlich die Fraun noch genauso aussehn wie damals, als man von ihn' weg... das gibt das bloß inne Filme... und daß se nach all de Jahre noch besser aussehn, das gibt das bloß inne LINDENSTRAßE.
Oder doch nicht?
Wenn das neblig ist, und ich seh de Gestalten hier auffen Friedhof bloß so wie Schatten, da denk ich denn doch immer wieder: *das könnt sie sein.*
Neulich bin ich mal an so'n Bürohochhaus vorbei, wo da grad ne Fensterputzkolonne an' Wirbeln war. Und mitmal schreit de Vorarbeiterin:
»Frau ...«, und das war mein Familienname. Ich guck, wer antwortet, und war sonne Alte, die genauso aussah wie de Toilettenfrau von' ZILLERTAL.
'Nee', denk ich noch, 'das ist Mausi nicht.'
Aber denn hab ich nochmal überlegt... Von' Alter her könnte se das tatsächlich sein. Aber nu hingehn und sagen:
»Entschuldigen Sie... raten Sie mal, wer ich bin!« Und sie:
»Weiß nicht, komm ich nicht auf... vielleicht der Graf von Monte Christo?«
Also, sowas hat nur 'n Sinn, wenn man wirklich der Graf von Monte Christo ist oder zumindest genausoviel Knete hat wie der. Aber wenn man da als Flunki sagt:
»Ich bin dein erster Mann...«, da kann das passiern, daß se sagt:
»Hier hast du 'n Heiermann für'n Lütt und Lütt, Alter! Und nu schieb ab und laß mich in Ruhe!«

Wenn da wirklich mal was in' Mausoleum frei wird

'n eigenes Mausoleum könn' sich bloß noch 'n paar Millionärs-Familien leisten. Sogar für ne ganz normale Grabstätte mit Monument kommst du mit ein' Leben nicht aus, wenn du dir die ransparn willst.
Bleibt also Rasengrab oder Urn'-Stellplatz für normale Sterbliche.

Die Familien, die so'n Mausoleum in Besitz habn, sehn natürlich zu, daß se das auch behalten, also, nicht aussterben. Adoptiern se manchmal bloß darum 'n Kind, damit sich kein andern ihr Mausoleum krallt.
Neulich ist da denn aber doch so'n Dings freigeworden.
Hat ne alte und berühmte Hamburger Familie gehört. Zun Schluß gab das bloß noch drei Leute mit diesen Nam'.
Und die habn alle drei 'n Segeltörn mit ihre neue Yacht gemacht. Aber auffe Höhe von Pagensand ist das Dings mitmal explodiert. De Leute an' Ufer habn in' ersten Moment geglaubt, das AKW bei Brunsbüttel wär hochgegang'. So'n Knall war das! Und die größte deutsche Tageszeitung ist zufällig dabeigewesen und hat de Aufnahmen gebracht.
Das Unglück ist ja untersucht worden, aber was der genaue Grund für de Explosion nu gewesen ist, da tappen se bis heute mit in' Dunkeln, wie bei den Palme-Mord.
De Familie war jedenfalls in ihre einzelne Atome aufgelöst. Und das Mausoleum frei.
Paar Tage später auf ne Versteigerung ist das an den SPRINGER-Verlag gegang'. Und noch'n paar Wochen später kam denn die gigantischste Leser-Aktion in Gange, die das je auffe Welt gegeben hat.
»Machen Sie mit bei unserem Gewinnspiel! Gewinnen Sie das Hamburger Tadsch Mahal! Ruhen Sie wie ein Fürst bis ans Ende der Zeiten!«
Das Tadsch Mahal ist'n Mausoleum in Indien, das fast ebenso schön ist wie das, was man gewinn' konnte, und gegen beide sind de Pyramiden in Ägypten 'n Scheißhaufen.
Und wer hat das Mausoleum gewonn'?
Herr Bernhard Hallabuz, und hatte sein Sohn für ihn bei den Spiel mitgemacht, weil er sein' Alten abraspeln wollte.
Ist das nicht 'n Witz?
Wieso das 'n Witz ist? Na, Herr Hallabuz ist doch der erste Vorsitzende von' F.D.S.B. e.V.
Na, F.D.S.B.!
Du weißt nicht, was das fürn Verein ist? Na, die Freunde der See-Bestattung! Brauchst das nicht zu glauben, stimmt aber trotzdem.

Ja, das wollt ich aber eigentlich gar nicht erzähln. Bloß so nebenbei erwähn'...
Eigentlich geht das ja um die Person, die bei de Mausoleums-Versteigerung gegen Springer geboten hat bis zuletzt. Hat immer noch ein' draufgesetzt. Aber bei 5 Million' ist ihn denn doch de Puste ausgegang'.
Ja, ich mein den Alt-Bundeskanzler.
Ja, den!
Und dabei hatte doch jeder gedacht: wenn einer ne Wasser-Bestattung machen läßt bei sich, denn er! Denn sein Leben lang hat er diese seemännische Mützen getragen. Sogar bei Staatsempfänge. Und außerdem hatte er sich bei de Hamburger Flutkatastrofe ja zun erstenmal profiliert. Diese Flutkatastrofe war also der Grundstein von seine politische Karriere.
Und denn will er sich 'n Mausoleum an Land ziehn!
Na, ist ja denn doch nix geworden.
Warum ich das alles erzähl? Na, weil er vor paar Tage hier war. Erst hab ich gedacht: 'Mensch, der sieht ja genauso aus wie der... bloß 'n bischen lütter und 'n bischen verknitterter!' Aber als er denn rangekomm' ist und »Guten Abentt«, und denn hat er so typisch gelacht... also, bein Lachen hat er alle seine Zähne gezeigt bis nache Wurzel rauf, da hab ich gewußt, daß *er* das war.
Ich natürlich sofort: Hände anne Hosennaht und ne tiefe Verbeugung, aber er:
»Ach, lassen Sie man, ich bin ja nicht mehr im Dienst...«
Und ich: »Was macht de Partei?«
Er: »Fragen Sie mich nicht...«
»Und was machen Sie sonst so?«
»Ach, Klavierspieln, Lesen, Vorträge halten. Geplant ist auch ein neues Buch und ein Seminar für Nachwuchspolitiker, ein zweiter Hamburg-Film ebenfalls. Und der Dohnanyi will absolut, daß ich ne Oper komponiere.«
»Dohnanyi? Der Hafenstraßen-Klaus? Unsen Ehemaligen?«
»Nein, nein, dessen Bruder. Aber dem hab ich gesagt: an Opern ist im Moment gar nicht zu denken, weil ich ja Zeichenunterricht bei Horst Janssen nehme, und der Hrdlicka drängt auch, weil: er will mit mir zusammen ein Anti-Denkmal ent-

werfen, das — als Gegenstück zum Bismarck — in der Nähe der Landungsbrücken aufgestellt werden soll, sobald der alte Elbtunnel abgerissen worden ist.«

»Da habn Sie ja allerhand vor.«

»Man wird eben gebraucht.«

»Ist ja auch wieder 'n schönes Gefühl«, sag ich.

Er guckt mich mit sein' stählern' Blick an und sagt:

»Ist es! Und da verweigere ich mich auch nicht. Wenn man sein Leben lang als Politiker für andere da war, ist es schwer, 'nein' zu sagen.«

Er lacht wieder bis zu den Zahnwurzeln hoch, aber ist doch irgendwie traurig, sein Lachen.

»Dabei möcht ich auch mal ne Sache machen, die *nur für mich ist*, aber das wird wohl wieder nichts.«

»Und warum soll das nix werden?«

»Weil ich vorgestern bei meinem Arzt war, und der hat gesagt... nun, viel Zeit hab ich nicht mehr. Und da die Bundesrepublik Deutschland ein Recht auf mein würdiges Staatsbegräbnis hat... muß ich mich wieder mal selber darum kümmern. Wenn ich mir vorstelle, was der Vogel daraus machen würde...«

»Da habn Sie recht mit. Vorige Woche war ne Kommission hier. Die habn sich schon mal 'n Grab für Herbert Wehner ausgeguckt.«

»Und? Wo soll er liegen?«

»Bei Kapelle vier, direkt neben den Schlagerkomponisten Michael Jary. Ich find ja, das paßt nu gar nicht...«

Er nickt.

»Ja, und wo hatten Sie gedacht, wo Sie...?«

»Am liebsten allein... zentral... mit viel Platz für die ausländischen Politiker-Kollegen.«

»Glauben Sie, daß die alle komm'?«

»Alle!«

»Wieso?«

»Das ist so. Jeder Staatsmann auf der ganzen Welt unterschreibt bei Amtsantritt eine Verpflichtung, daß er an der Trauerfeier seiner verschiedenen Kollegen persönlich teilnimmt. Das ist die einzige UN-Resolution, die einstimmig von allen Staaten akzeptiert worden ist.«

»Und das gilt auch, wenn de Herrn nicht mehr in ihrn Amt sind?«
»Auch dann.«
»Ogott, wenn ich mir vorstell, wer da alles auf Sie zukommt: Idi Amin und Alfredo Strößner und Pol Pott. Das ist ja ne Horror-Garde.«
»Diese Herrn fallen nicht darunter, weil sie durch demokratische... äh... größtenteils demokratische Gegenbewegungen aus ihren Ämtern... äh... ihrer Ämter enthoben worden sind.«
»Na schön, aber auch die ehrnvoll aus ihre Ämter... wie de Herrn aus Amerika — ich denk da an Carter und Ford und Nixon — oder Herr Botha, der ja auch schon in Bayern bei Herrn Strauß de Stimmung verdorben hat....«
»Ich werde es durchstehen.
»Bleibt Ihn' ja auch nix andres übrig... wird denn ja wohl ne Wahnsinns-Feier! Und wer soll de Rede halten? Doch bestimmt keiner von unsre Pastorn hier?«
»Nein, die Rede... zuerst hatte ich ja Heinrich Albertz vorgesehen, aber der ist unberechenbar, fängt plötzlich an, für die RAF-Mitglieder um Gnade zu bitten. Nein, das wäre unmöglich. Nun macht es doch der Militärbischof... und ein Herr aus der Industrie. Da ist die Trauer noch tief und echt.«
»Und wenn der jetzige Bundeskanzler es sich nicht nehmen lassen will?«
»Eine schauerliche Vorstellung.«
»Der Bundespräsident wird auf jeden Fall 'n paar Worte sagen wolln. Der liebt ja sonne Feiern. Mit seine weißen Haare paßt er ja auch sagenhaft zu de Kerzenbeleuchtung.«
»Naja«, sagt er und schüttelt so'n bischen traurig mitten Kopp.
»So richtig zufrieden sind Sie nicht damit?«
Er stöhnt. Und denn sagt er:
»Eigentlich beneide ich Herrn Mitterand.«
»Und wieso?«
»Nun, der hat jetzt schon den Papst als seinen Grabredner verpflichtet... aber ich bin leider nicht katholisch...«
»Und wenn Sie«, sag ich, »jetzt noch übertreten? Für sowas ist das nie zu spät. Wenn Sie das mitten CDU-Eintritt koppeln, fällt das gar nicht so auf.«

»Ich in die CDU?«
»Naja, diesen Schritt haben viele doch schon lange erwartet... sonne Überraschung ist das doch gar nicht...«
Er guckt mich lange an mit seine stählerne Augen.
Und denn lacht er.
Bis anne Zahnwurzeln ran.

Der Traum

Das Zusamm'treffen mit den ehemaligen Kanzler hat mich derartig beeindruckt, daß ich gleich inne nächste Nacht von ihn geträumt hab. Der Traum hat von seine Beerdigung gehandelt, nee, eigentlich war das eher de Vorbereitung zu seine Beerdigung.
Also, da guck ich in so'n großen Raum, schon eher sonne Art Saal — muß wohl de Ernst-Merck-Halle gewesen sein oder sowas. Und dieser Raum ist voll mit Persönlichkeiten aus Politik, Wirtschaft und Kultur.
Genau die Typen, die immer auffen Presseball rumhäng'. Oder bei de großen Wirtschaftskongresse oder Kirchentage. Bloß Domenica hat gefehlt bei de Prominenz. Dafür hatte immerhin ne Frau de Leitung von diese Generalprobe. Frau Süßmuth.
Unse Bundestagspräsidentin!
Und alle Mitwirkende warn echt.
Nicht ein Dubel dabei!
Nicht ein' Statisten!
Bis auf... also, zuerst hab ich ja ein' totaln Schweißausbruch... weil: in den offenen Sarg lag er tatsächlich... aber bei nähern Hinsehn war das doch wohl ne Puppe, weil de Zähne vonne Figur warn nicht so gelb. Und außerdem ist unsen Ehemaligen ja von eine derartige Dünamik, als wär sein Unterhemd mit Juckpulver präpariert. Der hätt doch nie länger als zwei Minuten ruhig liegen könn'.
Wie gesagt, Frau Süßmuth hat angefang', die Person' nach ihrn Rang zu ordnen. Zuerst also der Vorsitzende von ihre Partei, denn de Regierungsvertreter, also Bundespräsident, Minister

undsoweiter, bis nache Staatssekretärsebene runter. Dahinter denn de Oppositonsführer, denn de ausländische Staatsoberhäupter, nachen Alfabet, von Albanien bis Zaïre. Frau Thätscher war ja dagegen, das war ihr zu sozialistisch, sie wollte nach *Qualität*, also ihr Empeier zuerst, denn de USA undsoweiter bis runter nache verrottete Ostblock-Länder, die sich sowieso bloß noch 'n paar Wochen halten, denn sind se bankrott.

Habn sich de Herrn und Frau Thätscher also in eine Reihe aufgestellt. Und als das denn endlich klappte, mußte doch alles wieder umgestellt werden, weil: der Papst war noch gekomm'. Klar, daß sie den denn anne Spitze, und sind auch sein' Wunsch nachgekomm', de Regierungschefs nache Religion zu ordnen, also: Katholiken zuerst, denn Mohammedaner, Juden, Evangelische und Atheisten. Ging das ganze Gedrängel also nochmal von vorne los.

Nach de Politik kam' denn de Vertreter vonne Wirtschaft, vonne Kultur, Sport undsoweiter bis runter zu de Gewerkschaften. Zun Schluß kam denn noch ne Abordnung vonne Basis: aus sein' Bergedorfer Wahlkreis. Solln sogar echte Arbeiter gewesen sein. Irgendwie rührend, wie se mit ihre abgearbeitete Hände gebaumelt habn.

Aber auch exotisch in diese Gesellschaft.

Das nächste war, *wie* man sich von den Verblichenen verabschieden sollte. De Staatsoberhäupter von Diktaturen durften bloß stumm vorn Sarg stehnbleiben, höchstens mal de Augen mitte Hand beschatten. De Staatsoberhäupter von Diktaturen, die zu de US-Einflußsfäre gehörn, durften denn schon mal den Toten übern Kopp streichen, demokratische Staatsoberhäupter durften 'n Gebet aufsagen oder laut aufwein' bis hin zun Am-Grabe-Zusamm'brechen. Für den Papst war denn 'n Abschiedskuß auffe Stirn vorgesehn. Alle andern mußten an' Sarg vorbeischreiten. Nicht in' Jogger-Tempo — das wär unwürdig gewesen—, aber auch nicht schleichen, das hätt den ganzen Verkehr aufgehalten.

Bis jetzt war das in mein' Traum ja alles prima abgelaufen. Frau Süßmuth hatte das total in' Griff, und nu sollten de Redebeiträge nach Minuten und Sekunden geteimt werden, danach de Musikstücke. Aber mitmal ging da ein' Krach ab! Und denn splitterte de Tür, de Grenzschutzleute flogen anne Seite, und denn kam' da Gestalten reingeströmt... konnte man anne Transparente sehn, wer se warn: ne Gruppe von Dauerarbeitslose, Graue Panther, Totale Kriegsdienstverweigerer, Anti-AKW-Leute, welche von Robin Wut und Grienpieß, ne Knacki-Ini, sogar de Haßkappen-Fraktion aussen Hafenstraßen-Plenum. Ja... und grade an diese Stelle bin ich aufgewacht. Und dabei hätt ich so gern gewußt: warn das nu Trauernde, de den Toten ihrn *letzten Dank* abstatten wollten oder was...

Ausblick oder was aus ein' selber wird

Michael Jary hatte ne schöne Beerdigung. Die alten Kollegen warn alle da. Und habn ihn zun Abschied noch was geboten: Marika Rökk hat getanzt, Evelyn Künnecke und Walter Scheel habn gesung'. Sowas an Traurigkeit hatte ich bis dato noch nicht erlebt.

Pastor Matschmann hat de Rede gehalten. Hat das Leben von unsen großen Komponisten an uns vorbeistreichen lassen: angefang' hat er ja als musikalischen Jünger von ein' Hindenburg... nee, Hindemitt, mit so fürchterliche moderne Musik. Aber denn stand in sonne Nazi-Zeitung, daß das 'kulturbolschewistisches Musikgestammel' ist, und von da an ist er in' Innern Widerstand gegang', hat bloß noch Filmmusik gemacht und uns de herrlichen Melodien geschenkt, die wir alle kenn'. Wie: 'Ich weiß, es wird einmal ein Wunder geschehn', oder — nach 45 — 'Es wird ja alles wieder gut' oder 'Bimmballabimmballabimmbimmbimm, war ja alles nicht so schlimm'. Oder inne neue deutsche Welle: 'Siehst du die Kreuze da in' Schnee? Das sind die Raucher von Habee.' So daß man an diesen Beispiel sehn kann, daß der Herrgott sich nicht zu fein war, sogar de Nazis als Werkzeug einzusetzen, denn ohne diesen Zeitungs-Artikel, was wär da wohl mitte moderne deutsche Musik losgewesen?

Nix!

Den Schluß hat denn noch Rudolf Schock — umrahmt... oder

sogar umbuttert vonne Fischer-Chöre — das Ave Maria' gesung'. Leider ist diese letzte Darbietung gestört worden, weil: paar Gräber weiter war de Beerdigung von General Schletz. Und das Heeresmusikkorps hat mit sein' BADENWEILER dermaßen auffe Pauke gehaun, daß de Fischer-Chöre glatt untergegang' sind. Aber auch de harten Jungs von' Bund sind abgesoffen, weil: paar Gräber weiter war nämlich de Hamburger Szene mit ne Big Bänd an' Wirbeln. Und die war zusamm'gesetzt ausse beste Teile vonne heimische Jazz-Szene. Von Abbi Wallenstein über Ferdi Blötz bis Abbi Hübner und Jerry Möller habn se literweise de musikalische Trän' aus ihre Instrumente gewrung'. Und war zu Ehrn von Brix Lemke, der ja mit ein' Goldenen Schuß de Himmelsleiter hoch...
Naja, in fünfzig Meter Höhe ist das denn alles zu ein Eintopf zusamm'gelaufen. Und kann ich mir richtig plastisch vorstelln, wie der Liebe Gott oben in seine himmlische Wohnung zu sein' Haushälter-Engel:
»Mach bloß das Wohnstubenfenster zu! Das ist ja wieder 'n schreckliches Gefurze, was von da unten hochkommt!«
Ich selber werd hier ja nicht herkomm'. Ich weiß das, und 'n bischen traurig macht mich das ja. Wenn man sich so an ein' Ort gewöhnt hat... Nee, ich als alleinstehenden Sozialknete-Flunki, ich geh als 'Student' anne Uni.
'Studenten', das sind sonne wie ich und natürlich de Berber und de alten Säufer, die inne Ausnüchterungszelle ihrn Geist aufgeben, und wo sich nach ne Woche kein Angehöriger gemeldet hat, der ihn haben will. Wenn so einer abnippeln will und hat schon tennisballgroße Schweißperln vorn Kopp und Luftholn klappt auch bloß einmal in fünf Minuten und de Pumpe überlegt auch: soll ich nu nochmal oder nicht... in so'n Augenblick setzt sich 'n Herr mit Goldrandbrille auffe Bettkante von den Flunki, nimmt seine Hand und macht ihn klar, daß er sein Leben lang eigentlich doch bloß Scheiße gebaut hat: Eltern enttäuscht, Lehrer enttäuscht, Chef enttäuscht, eigene Familie ist zu Bruch gegang'. Und de viermal Entzug sind sowieso inne Hose... Wenn man bedenkt, was allein da der Staat an Knete in' Sand gesetzt hat. Und de Sozialhilfe ist ja auch von' Steuerzahler aufgebracht worden.

Der Flunki nickt mit herausgequollene Augen. Stimmt ja auch alles.
»Ja«, sagt der Typ auffe Bettkante, »alles in allem ne ziemlich miese Bilanz. Aber noch ist nicht alles verloren.«
Wenn da nämlich *eine* gute Tat wär, *ein' einzigen Lichtblick*, da könnte man auch den lieben Gott de Möglichkeit geben, daß er den Sünder das ganze übrige Leben verzeiht, wegen diese gute Tat. Und ob er diese gute Tat begehn will.
Und der Flunki nickt, sowas hast du noch nicht gesehn. Das arme Schwein nickt derartig stark, daß man denkt, sein Hals reißt ab... Und danach ist er so alle, kriegt man knapp de Augendeckel hoch! Aber damit hat der Typ auffe Bettkante gerechnet. Er sieht ja auch den guten Willn, das übrige macht er schon, hilft in seine Nächstenliebe... wenn der Flunki bloß nochmal den Kugelschreiber und hier sein' Nam' auf diesen Schein, wo de durchbrochene Linie ist... Geht nicht? Ach was, geht schon... wie ist denn der Name? Wilhelm? Da genügt 'n W. So und nu der Nachname: Wurczszewczsz? Ach du Schei... Aber Unterschrift muß sein! Damit gibt er ja sein Einverständnis, daß er endlich auch mal was für andere geben will, daß er sich revanchiert, wo de Gemeinschaft ihn doch sein Leben lang unter de Arme gegriffen hat mit ihre Mildtätigkeiten.
So, und nu noch de letzten Buchstaben, denn ist das Einverständnis des Bürgers schwarz auf weiß zu lesen. Immerhin leben wir doch inne Demokratie, wo jeder gefragt werden muß!
Völlig matschig fällt der Flunki auf sein Kopfkissen und will grade sein' letzten Seufzer rauslassen, da knallt die Tür von' Sterbezimmer auf und zwei Dutzend Weißmänner platzen rein.
»Hat er unterschrieben?« schreit der erste, und bevor der Typ auffe Bettkante sein 'Ja' raus hat, habn se den arm' Flunki hochgehoben, ihn ne Gummidecke untergeschoben, ihn aufgeschlitzt, aufgesägt, einer läuft schon mitte warme Niere weg, 'n andrer zieht ihn de Hirnhaut aussen offenen Schädel, noch 'n andrer schält sich de Augen raus. Das mitten Herzrausnehm' dauert länger, weil da so wahnsinnig viel Adern dranhäng', die alle einzeln abgekniffen werden müssen. Muskeln, Haut, Fettgewebe, Innerein, Arme und Beine gehn inne Anatomie, sind Übungsmaterial für de Studenten und ist besonders begehrt,

wenn das noch frisch ist, also de Leichenstarre noch nicht eingesetzt hat.
Ich mein, wenn so'n Flunki ausgeschlachtet... verwertet wird, ist das in Ordnung. Wenn das Material, was so'n Berber hergibt, auch nicht allererste Klasse ist. De Leber zum Beispiel kannst man gleich in' Müllcontainer tun, mit Magen und Niere ist auch nicht viel los... aber da ist denn doch das Gefühl... ich mein, wenn du in deine letzte Züge und setzt grade zun Unterschreiben an und hörst vor de Tür de Weißmänner ihre Messer wetzen, da ist, wie gesagt, denn doch das Gefühl: du tust auch mal was für de Gesellschaft... Augenblick, jetzt fällt mir der Film aussen Zweiten wieder ein. Polnischen Spielfilm, lief um 23 Uhr 10. Erst dacht ich: ach, pennst ja sowieso ein, aber denn war ich doch... jedenfalls, da kommt ein lütten Junge in vor, der kein' Vater hat. Und als er seine Mutter fragt, wer sein Vater war, sie immer: ein Prinz! Und zeichnet das Gesicht von diesen Prinzen auf ein Blatt Papier. Naja, de Mutter stirbt, und er: ab in ein Waisenhaus. Aber als er inne Schule kommt, ist er gleich der Beste inne Klasse. Macht auch das beste Abitur, kriegt 'n Stipendium für de Uni, studiert Medizin. Ja, und denn kam *die* Szene: mit ein' andern Studenten ist er dabei, ein' Leichnam aussenanderzuschneiden, guckt, wie de Muskelstränge da so längslaufen, und er und seine Kollegen verarbeiten den Körper auch so nach und nach, vonne Füße angefang' über Unterleib, Brust, Hals, und denn wolln se an den Kopp ran, der unter ein' Tuch liegt, und machen se natürlich auch laufend ihre Witze bei de Seziererei, aus was für ne Psychiatrie diese Leiche wohl kommt, oder ob das wohl 'n Fixer ist, den se in sonne Absteige gefunden habn... jedenfalls, der junge Mann, dies ehemalige Waisenkind, zieht das Tuch von' Kopp vonne Leiche... was se in Zeitlupe und Großaufnahme zeigen, und anne Musik kannst das auch hörn, wie sie so hochgeht, daß man schon ahnt, daß da nu jeden Moment ne Wahnsinns-Schote platzt, und ist tatsächlich das Gesicht, was seine Mutter ihn damals aufgezeichnet hat! Ja, das ist der erste Teil von' Film, und er nu: daß das der Kopp von sein' Alten ist und läßt er nicht aussenandernehm', krallt sich jedenfalls diesen Kopp und haut damit ab, aber seine Kollegen hinterher, weil die sich na-

türlich darauf gespitzt habn, de Schädelnerven da einzeln bloßzulegen. Na, ich will das kurz machen: der junge Mann präpariert den Kopp, also, daß der nicht schlecht wird und an zu stinken fängt, tut ihn in so'n Karton und geht los, weil er den Weg von den Kopp, will er zurückverfolgen, will sehn, was der so fürn Leben geführt hat... und kommt denn raus, daß diesen Penner: war wirklich mal als Prinz geborn... ist später, klar, ist er auffen Hund gekomm', aber hat doch gestimmt, was seine Mutter erzählt hat.

Wenn ich auffen Seziertisch lieg, ist natürlich keiner da, der mich wiedererkenn' könnte.

Wie gesagt, wenn man zun Schluß denn doch noch was für de Gesellschaft — hier in Form von Medizinstudenten — leistet, ist das ja auch 'n gutes Gefühl.

Was von uns 'Studenten' denn überbleibt, das ist früher in so'n großen Abfallbehälter gekomm' und wurde inne Nähe von Helgoland inne Nordsee gekippt. Das machen se heute nicht mehr, wegen de Umweltbelastung, und ist ja auch eklig, wenn man sich vorstellt, daß das vonne Fische gefressen wird, die denn später wieder gefang' und anne Restaurants geliefert werden. Nee, unse Reste gehn heute als Sondermüll inne DDR, und ist dies, wie de Ministerin für gesamtdeutsche Fragen erst neulich wieder in ihre große Rede zun 17. Juni klargestellt hat, ein bedeutenden Aspekt in den deutsch-deutschen Austausch: wir kriegen die ihre Rentner, die kriegen de Reste von unse Berber. Daß wir mit diesen Austausch also auch ein' positiven Beitrag für de Annäherung vonne beiden deutschen Staaten, vielleicht sogar für de Wiedervereinigung, leisten.

Die wirklich letzte Schlußgeschichte, wo sich der Kreis schließt

Bin ich wieder bein Harken.
Wieder mitte Zinkenharke.
Und hat sich *wieder* was festgekrallt.
'Wieder sonne blöde Hand!' denk ich.
Stimmt auch.
Gottseidank hab ich diesmal de Rosenschere dabei. Geht auch ganz leicht, das Abknipsen. Aber denn seh ich: fast auf jeden Grab pieksen Finger raus!
Gucken zwischen de Stiefmütterchen und Heidesträucher vor. Sieht eigentlich ganz niedlich aus.
Nu kennt ja jeder de Geschichte: wer seine Hände gegen de Eltern erhebt, den wächst de Hand aussen Grabe. Und wenn das de Ausländer sehn, so Friedhofsgärtner, die Ohlsdorf studiern wolln, die müssen ja 'n schön' Eindruck von unse Bevölkerung kriegen!
Aber abknipsen: geht nicht! Sind zu viele. Und auf Unkrautvertilger sprechen se auch nicht an. Hat Lepelmann nämlich gleich probiert. Von den Zeug sind se erst richtig aufgeblüht.
Paar Stunden später habn se denn vonne Verwaltung aus bei den zuständigen Bischof angerufen. Aber der hat uns beruhigt: »Nein, nein, Ihre Geschichte stimmt nicht. Nicht den Kindern, den *Eltern* wachsen die Hände aus dem Grabe, wenn sie sie gegen ihre Kinder erhoben haben.«
»Achso«, hat unsen Chef gesagt, »das ist doch nix Besonderes! Das ist eigentlich sogar *normal*. Denn ist das mitte Finger ja o.k.«
Was wir gemacht habn?
Na, so kleine Gummibeutel, sonne Art Präser, aber mit ein' fröhlichen Blum'muster auf, habn wir über de Finger gezogen. Und sehn nu aus, wie ein modern' Schmuck, der auf ein Grab gehört.
Und de Familien, wo keine Finger ausse Grabhügel rausgucken, sind nu richtig sauer, daß se diesen Schmuck nicht habn. Aber habn se ja selber schuld mit ihre antiautoritäre Erziehung!